陳宏霖——著

奪回人生，來得及

一位思覺失調症患者的重生之路

大好文化

推薦序

在無聲的戰爭中：奪回人生，來得及

鄭致道
和信治癌中心醫院身心科主任
台灣心理腫瘤醫學學會理事長

精神疾病的照護是一條漫長而充滿挑戰的路。身為一位精神科醫師，我深知每位病患及其家屬所承受的壓力與辛苦。而這本書《奪回人生，來得及：一位思覺失調症患者的重生之路》，不僅是一位病患的個人紀錄，更是他與家人共同經歷的一段旅程。

作者陳宏霖以自己的經驗，試圖呈現情感性精神病與思覺失調的複雜性。這樣的疾病不僅影響個體的思維與情緒，更在親密關係中投下巨大的波瀾。對於他的父親、我曾照顧的病人而言，這段歲月尤為艱難。他隨著作者的病程起伏，承受著無數次的起起落落，努力在理性與情感之間尋找平衡。對一個家庭而言，這種挑戰往往是一場無聲的戰爭，而這位父親與其他家人仍堅定地陪伴與支持，即使這條路並不平坦。

這本書或許不以文學性為訴求，敘述上也可能帶有病程影響的痕跡，但這正是它的真實之處。它讓我們得以窺探一位精神病患如何理解自己的世界，以及如何試圖將這個世界表達給他人。這本書不只是作者對自身經歷的整理，更是一種療癒的過程。對於他個人，對於他的家人，甚至對於讀者而言，都是一次思考與理解的契機。

我希望這本書能夠讓更多人關注精神疾病，了解病患內心的掙扎與努力，也對那些在陪伴旅程中的家屬們，提供更多的同理與肯定。不論這本書的表達是否完美，但它所承載的經歷與情感，卻無比真摯。

推薦序

醫病共享決策，人生重開機

楊立光
精神科專科醫師
北辰身心醫學診所副院長
三總北投分院精神科兼任醫師

身為一個精神科醫師，不時就會有人問我：「你們每天接收到這麼多負能量，對你們會不有影響？自己的情緒會不會也變得低落？你們都怎麼排解、消化這些負能量？」我也經常會思考這個問題，希望能給予對方一個最好的回應。

本書作者陳宏霖先生這兩、三年來都在門診規則就診。某一天，突然拿了很多資料進到診間，詢問起使用抗精神病藥長效針劑的可能性。經過討論，考量正面效益及可能的副作用等，透過共享決策（shared decision making）的過程，我們決定一試。很開心最終得到令人滿意的結果，宏霖的症狀得以穩定控制，之前口服藥物的副作用也明顯減少，我們也順利地把其他的口服藥物劑量逐漸降低。

過一陣子，宏霖又拿了一本自己的著作印刷樣書《奪回人生，來得及：一位思覺失調症患者的重生之路》到門診邀請我寫推薦序，著實嚇了我一大跳！我端詳著眼前這位在診間不多話的先生，驚訝於他竟有如此的勇氣跟文采，願意把自己的生命故事跟普羅大眾分享，而我何其有幸，得以率先閱讀他的著作。

本書以第一人稱的角度，樸實地記錄著一位情感型思覺失調症（schizoaffective disorder）患者個案海外留學的辛苦、躁症發作、強制住院治療、與家人及親密關係間互動的掙扎與衝突、對工作及生活目標的迷惘，到後來的異國情緣、結婚生子，重新建立起規律生活。宏霖也從最初的缺乏病識感、抗拒治療，到後來在家人陪伴下，願意透過穩定就醫來改善自己的症狀。

能帶來這樣的改變，個人認為其中重要的因素就是宏霖長期建立起來的閱讀習慣，讓他能廣泛地接收正確的精神醫學相關知識，逐步建立起對自己疾病的認知，也透過這樣的背景知識來跟醫療人員共同討論、合作，找出合適的治療方式。此外，一直陪伴與包容他的家人也是功不可沒。誠如書中所述，即便經歷過大大小小的衝突，看著宏霖的情緒失控、工作不穩定、發病時的恣意揮霍等，家人即便為此傷心難過、耗費心神，但依舊不離不棄，建構出穩定的家庭支持環境，協助按時就醫，也逐步讓宏霖建立起自己的溫馨小家庭，生活及工作都慢慢步入常軌。

生活從來不容易，對罹病的個案而言，生活更是佈滿荊棘與挑戰的試煉。但是透過現代精神醫學的發展，我們有更全面的方式來協助受苦的個案。科學的發展讓我們有療效更好、副作用更少的藥物，各式心理治療也都被證實有相當的療效，新穎的腦刺激術（如：經顱刺激術）正蓬勃發展。但是最重要的，是家人及社會大眾對病友的接納、尊重與理解。唯有如此，他們才能更安心地對抗疾病、面對生活，在經歷困惑之後，得以重生。

身為一個精神科醫師，雖然接收到一些負能量，但我卻心懷感激地接受這份恩典。因為這一份特殊的職業，讓我們得以傾聽來診個案用血淚交織寫下的生命故事。在這陪伴的過程中，得以用我們的精神醫學知識，協助他在這艱辛的療癒之路中帶來些許正面的改變，即是我在執業過程中成就與動力的最大來源。謝謝宏霖願意分享出他富有多重滋味的生命故事，敬邀讀者一起透過宏霖的書寫，可以對於精神疾病有更多的了解，對病友有更多的接納、尊重與包容。

推薦序

一段自覺到自癒的旅程

李盈儀
富邦人壽業務主任

認識作者宏霖的家族約二十餘載，初見他時那靦腆、客氣謹慎的態度跟發病後的失控，很是心疼並能夠體會其中的艱辛。

身體發燒流鼻水可以通過藥物治療或自身抵抗力來恢復，然而大腦同樣會生病，無法控制的幻聽、幻覺又是那麼真實的存在，在生活周遭每天不斷上演著。如今「思覺失調症」這一名詞已默默進入國人疾病排行榜的第十位，根據衛生福利部二〇二一年十二月底的統計，台灣思覺失調症患者已經有十萬零六百五十八人領取重大傷病卡。現代人日益重視身心靈的平衡，心理疾病的理解與關懷，無疑是當前社會亟待學習的重要課題。

《奪回人生，來得及：一位思覺失調症患者的重生之路》這本書不僅深入探討了患者病因的起源、發病的誘因，家人支持與諒解的過程，還分享了與精神疾病患者相處溝通的方式以及一些在配合治療的同時，調整生活模式創造安全感，減少衝突的寶貴經驗。作者深入閱讀大量相關書籍力求理解自身行為背後的動機，每一章節都令我深受啟發且讚嘆不已，書中真實描繪了疾病所帶來的那些不由自主，以及家人如何在這段艱難的旅程中，提供陪伴與支持，值得一提的是作者在克服自身問題後，不僅成功實現人生的突破並且迎來「五子登科」的喜悅，最終創造了非凡的人生故事。

透過這本書讀者將能夠深入了解精神疾病患者所面臨的內心世界及其掙扎。在當今社會身心靈的健康愈發受到重視，心理諮商師及相關書籍對思覺失調症的討論也日益增多，然而能藉由患者本人親自書寫並分享其經歷的案例並不多見，這本書不僅展現了作者如何自覺到自癒的過程，對同樣困於囹圄之中的病友們，有極大的支持跟幫助，從病初家屬和配偶的視角到心理諮商專業工作者的角度，這本書都極具啟發性，無論對於患者家屬抑或是專業人士，都將會是一本值得細讀與深究的一本好書。

推薦序

讓自己內心的傷痕癒合

陳心怡
作者大姐
麥飯糰員工

看了本書《奪回人生，來得及：一位思覺失調症患者的重生之路》的作者，也就是我的弟弟宏霖，其實很心疼他在國外的遭遇，也了解了這一件件事讓他罹患了精神疾病。以前的年代資訊並不發達，身為家人的我們不知道怎麼了？很驚訝也手足無措！一開始還找了道士仙姑處理，在這段時間裡看著弟弟身受疾病所苦，身心的折磨，我們很難過也很心疼，也知道弟弟的孤獨無助。

看到弟弟後來透過醫生施打長效針的方式，讓自己的思覺失調症有所進步，生活也有改善，很替他開心！所以宏霖真的很棒也很有心，很認真的寫下自己的心路歷程，可以讓同樣有身心狀況的人，知道如何走出來讓自己重生，也讓家屬更加的了解狀況才能知道如何陪伴與支持。

在現在越來越複雜與多元的社會生活，每個人的身心壓力也變大，所以不只要注意身體健康，心理的健康也很重要；而且心理也會影響到身體讓身體不舒服，可以的話，不妨試試心理諮商讓自己內心的傷痕癒合。

也希望藉由本書讓大家了解，身心疾病的人的困境與痛苦，若您的身邊有身心狀況的人也能多一份包容理解與愛。

這是我們可以一起學習的重要課題。

推薦序

理解、支持和愛，戰勝精神疾病的重要力量

陳姵伃
作者三姐
和信醫院門診護理師

我弟弟宏霖第一次住進精神科病房時，我們全家心情非常低落、焦慮，整個籠罩在一片烏雲下。弟弟原本是一個充滿活力和潛力的人，大概高中時期只覺得他容易發脾氣，當時也沒想到最後會演變成精神疾病；在多年的陪伴和了解中，我深刻感受到精神健康問題不僅影響了他本人的生活，也對他周圍人的生活產生了影響。

作為他的姐姐，我見證了他在這條艱難的道路上付出的努力，也看到他為了想要讓自己的情緒得到好的控制，不斷尋求治療的方法，最終在一本書上得知長效針劑，之後並透過醫師注射長效針，不僅可以減少其他口服藥物的副作用，藥物濃度維持

穩定，情緒也漸漸穩定。家人都替弟弟感到開心。

這本書《奪回人生，來得及：一位思覺失調症患者的重生之路》裡，有弟弟這十多年來的心路歷程，原來他經歷了這麼多的苦，也因為一開始對這個疾病的不了解，走了許多冤枉路，不斷尋求民俗療法，就算之後確認診斷，也因為藥物副作用，服藥斷斷續續。看完書讓我更了解思覺失調症的痛苦與掙扎。我相信，理解和支持是幫助他走出困境的關鍵。因此，在這裡我特別建議大家給予病人更多的耐心、關心與支持。無論是醫療的幫助，還是日常的陪伴與鼓勵，都將是他戰勝精神疾病的重要力量。

藉由這本書希望大家能關注並理解身陷精神疾病困境的人們，給予他們更多的關懷尊重。精神健康是我們每個人都應當重視的課題，理解、支持和愛將是幫助他走向復原的最好方式。也鼓勵大家不要放棄，一定會有雨過天晴的時候。

推薦序

在黑暗中尋找光亮，迎向重生之路

阮金銀
作者的妻子
安安美甲店業主／老闆娘

在人生的長河裡，每個人都在尋找自己的定位，試圖解讀自己的故事。《奪回人生，來得及：一位思覺失調症患者的重生之路》便是一段勇敢剖析自我的旅程，它不僅是一部半自傳式的小說，更是一場靈魂的探索與救贖。

作者陳宏霖以第一人稱視角，帶領讀者走進思覺失調症患者的內心世界，讓我們看見一個與常人不同的現實——在幻覺、妄想與現實交錯的迷霧中，一個人如何掙扎、懷疑、困惑，甚至與世界格格不入。然而，本書並非單純地描寫精神疾病的苦痛，而是透過主角的成長、反思與覺醒，呈現了一場與自我和解的歷程。這是一部關於認識、接受與超越的作品，展現了一名患者如何在黑暗中尋找光亮，最終走向重生之路。

閱讀本書，不僅能讓我們更深刻理解思覺失調症，也能提醒我們：在這個社會裡，仍有許多被誤解、被忽視的人群，他們需要的不是恐懼與標籤，而是包容與理解。透過這個故事，我們能夠重新思考「正常」與「異常」的界限，學習以更開放的心態看待那些與我們不同的人。

身為作者的終身伴侶，如果撕掉他精神疾病的標籤，會發現他與正常人無異。在生命中摸索時犯錯了，他會修正。被害時，他卻反而不會反擊，只因為他不願意去傷害任何人。墜落而絕望中，他依然會維護那小小的燭火，因為它象徵微弱的希望，他把握一線希望，等到機會降臨，他會再飛給大家看。

這不僅是一本關於精神疾病的小說，更是一封寫給所有曾經迷失、曾經被世界誤解的人的信。無論你是否曾經歷相似的困惑與掙扎，本書都能帶給你思考、共鳴，甚至是安慰。願每位讀者都能在這本書中找到自己的影子，並從中獲得力量，勇敢前行。

作者序

享受重生的喜悅，展開生命新篇章

在我還不知道精神疾病的正名運動之前，心理醫生宣判我有「思覺失調症」（Schizophrenia）時，我是滿頭的問號，不知道這五個字的病名是什麼意思？對我又有什麼意義？直到我自行上網查證，才知道思覺失調症原來就是早年令人聞之色變的精神分裂症。

什麼？原來我有精神分裂症？可是我從來沒有傷害過人啊？我有這個嚴重的精神疾病嗎？於是在我走過大半輩子的人生後，我基於不想讓我的人生過得不明不白的原因，展開了一趟自我探索之旅。

這趟自我探索旅程，我閱讀過海內外許多有關思覺失調症的中文與英文書籍，也上網找過並看過大量的資料，在閱讀過程中屢屢產生「原來如此」、「我有這樣」、「還有別的路可以走」等等的共鳴與感觸。在閱讀過程中，尤其是在這趟自我探索旅程中，我也不斷回憶過往，將我的過去與疾病做連結，旅程結束後我得到了自我救贖。

這本書《奪回人生，來得及：一位思覺失調症患者的重生之路》是半自傳式的虛構小說文體，書中以第一人稱視角，帶領讀者深入了解思覺失調症患者灰暗的內心世界與混亂的大腦活動。閱讀本書你會發覺：看似覺得不合常理之事，對於思覺失調症患者卻是再正常不過了？其實，他們只是大腦生病了，並不是瘋了；他們是受苦的靈魂和病人，不是犯人。

過去我雖然勤奮用功、學成歸國，卻一輩子飽受精神疾病困擾，人生整整困惑了大半輩子，如今我透過不斷的閱讀，最終從書中找到人生解答，進而闊步邁向重生之路。

精神疾病受制於症狀影響很難覺醒復原，不過當我透過閱讀受益後，便想到將自己大半輩子受精神疾病所擾後，如何重獲新生的親身經歷訴諸文字，戮力寫作此書達十萬字，希望能以此書帶給社會一些正面回饋！

本書正是因為基於這個出發點而完成此書，因為不是正名之後就沒事了，社會上對於思覺失調症患者還是有許多偏見與誤解，我們還有很長的路要走。雖然我的力量不足以扭轉局勢，但是希望透過本書發揮一些力量，讓社會大眾更加注意到思覺失調症患者這個群體，少一些誤解、多一些善良，這個社會會更好！

而我最最最需要表達感謝的，是家人們無條件對我一路走來的支持與扶持，我才能改變重獲新生！沒有我親愛的家人，單靠我一人是做不到的，謹將此書獻給我最愛的家人們！

更要感謝一路上幫助過我的人：特別是醫護人員以及親朋好友，感恩！

也希望正在閱讀本書的讀者，能享受閱讀過程。

推薦序

作者序

CONTENTS｜目　錄

CONTENTS | 目　錄

序曲

墜落，我沉入無底的夜，
黑暗如一匹溫順的獸，
舔舐我的沉默與絕望，

誰在說話？是我，還是影子？
世界是真的，還是僅僅是幻象？
我是否存在，
還是只是某個未被定義的可能性？

這是神的詛咒，

或者只是命運的玩笑？
世界會不會其實從未改變，
只是我，在光與暗之間，
不斷分裂，又不斷拼湊？
如果痛苦是永恆，
那麼我是否該擁抱它，
讓自己成為這無盡擺盪中的平衡點？

如果絕望終將襲來，
那麼現在這一刻，
是否仍值得用盡全力去活？

等等，在深處，仍有一道微弱的光。

它說，即使是沉入最深的海底，
仍有浮起的可能，
仍有呼吸的權利，
仍有被陽光觸及的一天。
所以，請再等一下。

再等到黎明，
撕開夜的縫隙，
給我一個重生的機會。

第一章　什麼?強制住院!?

「喂!你們幹嘛抓住我啊!?為什麼要把我整個人抱住?」我厲聲質問在我背後環抱住我、穿著白色衣服的救護人員。

「先生、請你冷靜、請你配合點!我們現在要帶你去強制住院。」兩名白衣救護人員在我身旁,一前一後的試圖把我架上救護車。

「什麼?什麼是強制住院?」我對他們喊著,而本來已經夠混亂的腦袋現在變得更混亂了。

我激動地問這兩名白衣救護人員:「什麼是強制住院?為什麼我要去醫院?我又沒病!」

「放開我啊!我沒病,我不要去什麼醫院!」儘管我聲嘶力竭地努力掙扎著,但寡不敵眾,而且他們對於抓人好像很有一套,所以我還是被他們架進救護車裡。

接著救護車響起刺耳的鳴笛聲，便揚長而去。窗外是留在原地、帶著鬆一口氣表情的家人們，還有瞪大雙眼的鄰居，以及看熱鬧的路人。

隨著車子遠去，那些熟悉的臉從窗外一閃即逝而過。隔著車窗玻璃看他們的臉有種不真實的奇幻感，彷彿我與他們是身處在兩個世界似的。

「對！我沒病、我根本沒有怎麼樣，為什麼我要住院？」鳴笛的救護車在路上跑著，而我則在心裡不斷地自問自答……

然而，我當時根本完全不了解自己怎麼了？我不了解為什麼自己一回家就暴怒暴走，不知道自己這樣的脫序行為已經讓家人著實吃驚。

而這就是我要被強制入院的原因，只是我當時可謂完全沒有病識感。

記得當時一回家，並沒有發生什麼事情，但是我卻無來由地突然暴怒抓狂，大聲咆哮著，並開始摔東西、破壞東西，對家人們來講，我就好像發瘋了一樣。

媽媽見狀，伸出手要來制止我，可是我一揮手就把她的手撇開。

眼看我就要襲向供神桌，爸爸趕緊從後面環抱住我，可是我馬上很用力地掙脫開來。爸爸則在我身後狼狽地跌坐在地上。

我的暴走行徑與肢體衝突，讓我的家人不僅受驚，他們也無法對付發了瘋的我，所以他們只好叫來救護車把我帶走。

而這就是我被救護車載走，被送往強制就醫的事發經過。

隨後我被帶到一間家人常來的T醫院，下了車後，我被帶往以前從未涉足過的某棟神秘大樓的二樓，不知道為什麼有道森嚴的鐵門。

進入鐵門後，門匡啷一聲在我背後關起來，一個精壯結實的壯碩門衛再把橫亙在鐵門中間處的附加鎖鎖上。我當時還不知道我將在這裡失去自由超過一個月的時間。

接著我被安置在前方有張大桌子的椅子上。

兩名救護人員拿著一份紙張，正在和一個身穿白袍的醫師講話，由於有點距離我聽不清楚他們在說什麼，不過看起來像是在口頭交換意見，大概是在談論我來這邊的原因吧。

他們結束交談後，戴著眼鏡、看來年約五十歲左右、長得很像某位媒體界知名C姓主持人的白袍醫師便向我走過來，他在中間的位子坐下，而我則坐在他的右手邊。

因為他從剛剛交談中大約多少知道一些情況，不過他則向我問了一些問題，例如像是我最近在幹嘛？生活的近況，以及我的睡眠狀態與時間等等的事情。當然他也再把事發經過問了一遍，希望能得知更多訊息。

我一五一十地如實回答，本來我這個人就是一個不會說謊的人，連善意的謊言都不會。

接著他低頭沉默了一陣子，我則在一旁對醫師叨念著我不能待在這兒，我家裡還有很多貓咪需要我照顧，我不能離開牠們，我必須回去照顧牠們。

他抬起頭來，看著我，然後擺起很嚴肅的表情對我說：「不行，你不能離開醫院，你必須要在這裡待三十五天接受治療。」

接著他以更加慎重的表情告訴我：「你罹患的是『躁鬱症』，這是很嚴重的問題，你需要待在這裡好好吃藥、接受治療才可以。」

沒想到我被宣布確診會來得這麼突然，沒有措手不及，反倒是不了解、不知道該怎麼反應、甚至是根本不在意。

大致上就是如此，主治醫師H醫生大概就和我說到這邊，我心想著這下可好了，完蛋了！我的書、還有我的貓咪們該怎麼辦？

這二樓隔離區並不大，醫護人員說要帶我去我的床位，我直接一口回絕，因為我現在不想理會任何人，我只想找個地方自己安靜獨處。

於是我相中一個在森嚴鐵門旁的小房間，看來那裡是隨便人都可以進去的，我心想：「我又不是病人，需要什麼狗屁病床？我就在這房間的地板上躺躺就好了。」

不久之後我就陷入昏睡了，可能是寫書寫得太累了吧！

＊　＊　＊

「我到底是怎麼了？我的心中有一個大問號？我究竟是哪裡不對勁？」

我深陷在昏睡中，可是我的腦中浮現出許多問號。

你知道嗎？我的第一個女友雖然很愛我，但是我卻把她當成沙包打!?我到底是怎麼了？

半夢半醒之間，我開始回想起過往……

第二章　把初戀女友當沙包打!?

曾經，我也是一個靦腆的少年。在澳洲時，國際朋友們相聚，只是隨興地關燈、放著輕慢舞曲，而大家都隨音樂起舞，我卻只會呆立站在一旁，不敢擺動身體。儘管喜歡的女孩子就在眼前熱情的邀我共舞，我卻只是害羞地回答：「我站在這邊負責燈光就好了，總得要有人負責燈光吧！我就手抓著這盞立燈站在這兒就好。」

曾經，我也是那青春的少年，當喜歡的女孩子和家人去雪梨北方某城鎮旅遊，我竟然妄想著可以乘坐電車一路北上，就追得到她!?

結果卻是獨自一人被卡在北雪梨最北邊的某一站的山丘上……

後來，我終於還是有機會與這個心儀的女孩子，和她家人（姐姐與姐夫）一起到坎培拉旅遊。

旅遊途中，有機會與她獨處、在漫漫長夜裡共處一室。

然而我卻羞澀的不知道該怎麼做？

把一齣浪漫滿屋的戲演成了搞笑喜劇。旅遊結束後，依然是個處男之身。

雖然第一次追求女孩子仍然以處男之身而無疾而終，但那也就算了，反正是不能勉強的。

更何況，彼時我並沒有繼續花費太多心思在女孩子上面。

為什麼？

因為這中間突然發生了一件算是劫數的事件：我在澳洲雪梨被一夥韓國人搶劫了！

就容我描述一下這個事件吧！

剛到澳洲約近一年，我已經進入一所大學前預備教育的學院就讀。

某天我和一個初到雪梨沒多久、還在讀語言學校的台灣學弟丹尼出去吃飯。

吃到一半時，突然有人來和我們倆搭話，聽他們口音和看他們的長相，知道他們是韓國人。

他們拜託我們，幫忙他們學校的某個完全不會說英文的華人學生翻譯。

雖然他們看起來不像是壞人，但是我一聽便覺得沒有這個必要去幫這個忙，因為我們彼此根本就不認識，何必如此呢？

正當我要開口拒絕時，沒想到學弟丹尼不知道是想要測試自己的英文能力（總是有些人想利用一些機會彰顯自己的語言能力），竟然直接滿口答應下來。

接著兩個韓國人帶著我們在雪梨市中心的一條主要街道：喬治街（George Street）行走，途中我還跟丹尼叨念著他不應該為了秀英文，沒有必要這樣子幫陌生人的忙。

然後他還不以為然的說：「又沒關係，就幫助一下嘛！只是翻譯一下而已。」

我們倆的對話沒多久就被中斷了，因為我們倆被帶進一個逃生門裡的樓梯間。身後的門馬上就被關起來並鎖上。

眼看樓梯間排排坐著一個個韓國學生，算過人數總共有十二個人。

帶頭的是一個眼神兇惡、手上拿著把刀的胖歐巴。他威脅我們把身上的值錢東西拿出來，拿完之後就開始瞄準「錢」這個重要東西。

雖然是丹尼答應陌生人的要求，不過他卻因為未滿十八歲（時年才十七歲）而沒有提款卡，幸運躲過一劫。

不過慘的是我，我超過十八歲，所以我有卡，於是就輪到我遭殃了。

「我死都不想把我們家的錢拱手讓人！」我當時在心中忿忿不平的對自己說。只是我這樣「不乖乖配合」，好像純粹就是多挨幾頓揍就是了。

第一次，他們叫我把密碼說出來，我不講話、緊閉嘴巴不想說的樣子；於是這群人對我拳打腳踢的，讓我飽受皮肉之痛。

打完之後，再來，他們逼我講出密碼，我還是不想說出來，於是我便故意說了錯誤的密碼。兩個韓國人便拿著我的卡要去領錢。

在那兩人離開後，我就馬上知道他們倆回來後，我一定又要飽餐一頓了。

果然他們倆回來後便和帶頭的胖韓國歐巴交頭接耳，他們臉上都流露出非常不悅且又生氣的表情。

隨後，那個帶頭的胖歐巴惡狠狠的逕自走向我，幾個箭步就來到了我面前，他手上那把刀更是直接架在我脖子上。

可惡的歹徒欲用非法手段奪人錢財，竟然還敢說：「都是因為你的錯，本來拿了錢就沒事了，是你害的，故意說出錯的密碼，害卡差點被ＡＴＭ吃掉了！」

胖歐巴越講越生氣，他的刀也在我脖子上陷進皮膚跟肉裡面，他施加的力氣越大，我越能感覺到刀鋒的銳利與冰涼感。

危及生命安全的危機感，頓時充斥在我的腦中。

後來他爆怒的問我到底要不要說出真正的密碼，還是想挨刀子？

我當然想要保護錢，但是生命更應該要保住。於是在他威脅之下，就不甘願的把密碼給說了出來。

最後看到一幫年輕惡徒在我眼前把我的錢分贓，這便是當時在澳洲的一個劫數，也是我在澳洲的轉捩點。

搶案發生後，我在被害之後就對自己立定決心，我在澳洲的生活不能再得過且過了……

我對自己許下承諾：我一定要發奮圖強，全心全力的付出最大的努力在我的課業上。說當時的我用盡了百分之兩百的全力也不為過。

後續幾個月，我順利的完成學院教育的所有課程，也如願以償地進入大學就讀。而當個大學新鮮人，我更是火力全開的專注在大學課業上。因為我不只只求有就好了，更加重要的是我要好還要更好。

而且這是我第一次對自己施壓，我並不感覺到辛苦或是疲累；相反地，我反而感覺到甘之如飴，就像是我們台灣人常講的那句話：「歡喜做，甘願受」。

＊　＊　＊

大家有沒有這種情況發生？有些事情在你強求時，總是求不來；然而當你不強求時，卻總是那麼巧的，它不請自來。沒想到，愛情竟然來得這麼突然！

原來是我在課堂上的亮眼表現，吸引到一個同班的台灣女同學的注意。

我是怎麼發現的呢？

因為她好幾次都在課堂上與我主動交談，而且話語內容對我示好，口氣又特別溫柔。

這個台灣女生叫做艾蜜莉，她便是我的第一個女朋友。

有天下午沒課，我試看看單獨約她來我北雪梨的租屋處，果然我的直覺是對的，她馬上就一口答應，而且還親自駕車從市中心區，開到有雪梨港灣鐵橋一橋之隔的北雪梨區。

結果在當天，隨意看了看租來的台灣節目錄影帶後，我們便在當天晚上就發生了關係。

完事時，我是一副終於得紓解的表情，她則是一臉如願以償般開心的笑著。於是我們倆人便自然而然地展開交往。

然而在交往初期，艾蜜莉如實地托出了至少有關她過往的三個秘密。首先是她比我年紀大九歲的事實，這個問題似乎成了倆人日後的阻礙。

再者，她說出她有一個「不怎麼愛」的印尼華僑男友，還同時跟學校的一個男華人職員交往。

我當時才第一次交往，不懂為什麼會有女人會因為「不怎麼愛」也要去和他人交往。會交往或當男女朋友的人，不都是因為雙方之間存有感情才交往的嗎？如果不喜歡、不愛的話，那又何必勉強自己要和「不怎麼愛」的一個人交往呢？

當時我還年輕（二十歲），既單純又沒經歷過太多世事，所以對於這點非常的執著且無法苟同。

而她在交往之初就給我塞那麼多資訊，這些她親口說出來的事實，日後都成為我們吵架的因素。也可能因為這三件事，造成我並不真心愛這個女友。

有時候回想起我和艾蜜莉的交往過程，我真的會質疑自己是否天生暴力呢？怎麼會對她常常動粗，甚至是當沙包打呢？

可是日後看來，我覺得自己那時候是因為太執著於無法接受她說出來的三個事實，再加上自己那時應該發病了，才會發生這種事情。

她跟學校的一個男華人職員交往，其實她不說，我也不會知道，所以其實男女要交往，最好不要一五一十地把自己的過往交代清楚。

你／妳不講，對方永遠不會知道。然而如果自己太老實的把過去式都說出來，那保證有百害而無一利，通常沒幫助就算了，還成為倆人吵架的導火線。

至於年紀相差太大的問題就算不說，畢竟我沒瞎，別人也都看得出來。說真的，當時第一次約會就馬上發生關係，純粹是因為精蟲上腦悶太久之故，要不然我也沒有想到要開始交往。

其中我最在意的那個來自印尼的「不怎麼愛」的當地華僑男友，更是讓我們倆個從交往之初就一直很嚴重的爭吵不休。更何況艾蜜莉不知道為什麼，還帶著我回到澳洲去找她的前男友，就這樣帶著我去被那個男生罵，看他們倆人為了分手而大聲爭吵。

這些事情都變成日後倆人嚴重吵架以及我對她施加暴力的主要原因，讓倆人過著難受又痛苦的日子。

日後我四十五歲時只有對我身邊最重要的兩個女人：媽媽和老婆開口提到這件事，因為那時正是我在尋找我發病的原因，以及為了釐清困惑我一生的許多問號，我希望**我也不想我的人生再是一個問號**！

關於我對艾蜜莉的施暴，老實說，我自己也很意外自己會那麼暴戾，因為在她之前我沒有跟其他女生交往過。

所以我常常會質疑自己：**我是否天生暴力**？

如果我天生暴力，那對她常常施暴的脫序行為到底來自於哪裡？

遺傳？有樣學樣？

不可能，我爸爸雖然很兇，可是從來沒有對我媽媽動手過。

抑或是我根本那時就已經發病了，我的身體裡帶有嚴重精神疾病，以至於艾蜜莉的出現讓我有發病攻擊的對象嗎？

我對艾蜜莉的脫序行為可以說是罄竹難書啊！

除了常見的大小聲、破口大罵之外，我還會摔東西，最糟糕的是動手動腳。

從與艾蜜莉剛開始交往之初，我就為了她的「不怎麼愛」的前男友而與她大吵，不斷用繞圈圈方式、一句句咄咄逼人的質問她：為什麼要和沒有感情的人在一起？嘴巴忙著罵人，我手邊也沒有閒著。從廚房櫥櫃裡拿出艾蜜莉帶來的、以前與「不怎麼愛」的前男友一起共用過的碗盤和杯子等，然後一個一個的往地上砸下去。手裡砸一個，嘴巴就罵一句，看起來還頗像是單口相聲似的。

我以消毒為名，出師有理，我以消滅她不堪的過去，砸破得是理所當然。

單單看在我費了好大一番功夫、終於把所有的碗盤砸破，被我罵到不敢回嘴的艾蜜莉在我完事後也是贊同的說：「也好，把以前的東西丟一丟也好。」這就可以看到我的出師有理與理所當然。

艾蜜莉可能天真地想說我把那些非生命物體消滅掉也好，這樣或許我們倆人就能夠好好的重新開始並繼續走下去。

然而，讓她意想不到的是我反而變本加厲，接下來就直接對她動手動腳了。

我對她動粗，可以說她身體從頭到腳都被我打遍了。我可以握起拳頭捶打她的頭，我更可以在她躺著時，對她從頭打到腳。兩個拳頭就在那邊猛力捶打她的身體。套一句老話：「往死裡打就對了！」

我還曾經在雪梨寒冷的冬夜裡，把剛被我「修理」完的艾蜜莉拉去浴室裡沖冷水，而她的衣服還在她的身上，也一起被淋濕了。

而且這些動手動腳的事情還不是偶爾發生，卻是常常在發生。

像是她頂嘴也罵，講話沒有看著我也罵，真覺得我那時候很丟臉，怎麼會有這樣脫序的行為？

當然艾蜜莉已經被我修理得很慘了，但是她前面一再容忍我，一再給我機會，但是我依然故我，繼續對她施暴，毫不憐香惜玉。

後來她開始懂得如何保護自己了，她跑去躲在閨蜜家，告訴她閨蜜我動粗的事情。她也有告訴我們共同的朋友 Ting-Wei 和他女友。

有一次她終於報警，澳洲警察很快就來，氣氛瞬間變得很尷尬。

男警察想開導我，把我找去陽台用英文對著我說：「這個世界如果每個人都一樣，那你不覺得世界會變得很無聊嗎？」

聽了他說的話，我在心中想著：「我要求她全部都要順我的意太強人所難了。」

＊　＊　＊

這樣打打鬧鬧的生活，即使飄洋過海回到台灣也沒有變，倆人還是依舊大吵小吵不斷。而當我忍不住時，我就會訴諸暴力，結果這次回國打人打到很多人都知道了。

當時我們回國，艾蜜莉就從大佛市北上來找我，我們倆人就住在我家的樓上，可想而知，要是倆人發生爭吵而大小聲的話，樓下家人們一定馬上知道。

有次在樓上，當時已經是晚上快九點的時候，照理說有些長輩都已經在休息了，可是倆人又因為一些細故而大吵了起來。

由於我又動粗，艾蜜莉對我家反而不如我們在澳洲的租屋那般熟悉，所以她嚇到沒地方躲，只好打開門往樓下跑去。

照理說，打女人這種事應該是見光死，但是她訴諸於公眾依然沒有什麼用。

正在氣頭上的我哪裡顧得了外面會有人看到的風險，一樣從後面追了上去，把她逮住在公寓樓下。

雖然我的動作的確收斂了點，不敢太大動作，也不敢拳打腳踢，取而代之的是賞她巴掌。

不過後來還是被發現，這都歸咎於每次我暴怒後，總是無法控制自己暴怒的情緒，應該是像我日後自己自嘲：有可能是因為我腦中調整情緒的調節器壞掉了，才會永遠無法控制情緒在合理範圍內。

所以雖然我動作收斂了點，但是因為有情緒控制障礙，因此我越罵越大聲。

這樣的發怒軌道變成了日後我發病時的固定模式，在還沒接受正式的精神科治療前，往往我發怒起來後，就自己越罵越氣、越罵越大聲，完全不顧是在何種場合。

心想當時的我真是愚蠢至極，如果知道自己會越罵越氣，那只要**停下來，離開現場，稍微冷靜下來，那不就不會在那邊越罵越氣了嗎？**只可惜，這也是日後才會了解的事情。

我記得姑丈曾說過，他如果和我姑姑吵架，就會離開現場，或到書房看書，以避免進一步爭吵。對無法控制情緒的人來講，我覺得這點很值得學習。

當我在外面越罵越大聲時，當然馬上就驚醒了附近的人，包括我的家人。

我大聲的罵人聲驚動了一些鄰居出來看，他們也毫不避諱的批評我的脫序行為，當然也有人抱怨我們在這邊吵架，害得他們家人無法好好休息。

因為隔壁右邊即是我家人的住家，他們當然也一樣被驚擾了。而且家人從聽到的聲音就知道那大聲罵人的正是我，沒有別人了。

果然我爸媽還有阿嬤，都一起出來看看發生了什麼事情？

他們三人的臉上寫著擔憂與訝異。

媽媽果然都是為了我而跑第一，她看到我正在公寓樓下對著艾蜜莉大小聲斥罵，便緊張的喊道：「兒子啊！你們倆個在那邊幹嘛？怎麼會吵得大小聲的？你們在吵什麼？」媽媽的擔憂隨著問題說了出來。

聽到媽媽的聲音，我往左邊看去，看到了我爸媽、還有阿嬤三人都跑了出來。不過我並不在意我和艾蜜莉的爭吵被家人發現，反而是慶幸終於有人來幫我情緒怒火給稍微撲滅了。因為那時候的我無法靠自身能力去控制情緒，還需要仰賴別人來幫我喊暫停。

我發怒起來不知出醜，但是家裡長輩們都知道這樣非常不好看，不僅丟人現眼，而且搞得眾所皆知。這是他們非常不易樂見的。

於是我媽媽便過來把還蹲在地上的艾蜜莉扶起來，一邊對著我們倆人講：「進來、趕快進來，你們倆個都趕快進來，有什麼話進去後再說。」

接著我們倆人和家人們一起進去房內。我一股腦的坐在客廳的沙發上，嘴裡彷彿還有很多怒氣還沒消似的樣子。

「你們倆個這麼晚了，到底在吵什麼？吵這麼大聲！」阿嬤帶著擔憂又納悶的表情問我們。

然而我只知道是因為一點細故而吵的，至於是為了什麼事情而吵，可能因為氣過頭了，我早已忘記了。於是我只好望向別處，以沉默代替回答。

艾蜜莉反而率先回答說：「我們倆個常常吵架，在澳洲雪梨時就是這個樣子了。」

阿嬤滿臉困惑的表情，我點頭稱是說：「是，我們倆個常常吵架。」

接著媽媽就把艾蜜莉帶進去一間房間，要和她單獨對話。由於距離較遠，我無法聽清楚她們的談話內容，於是我便移到靠近房間的椅子上，才能清晰地聽到她們的對話。

可能是因為剛剛我的聲音太大聲，使得沒看過的家人很訝異，不知道為什麼我們會這樣，媽媽便問艾蜜莉：「告訴我們，你們倆個在吵什麼？為了什麼事情吵這麼大聲？」

艾蜜莉終於恢復平靜些了，她答道：「沒有什麼事啦！陳媽媽。都是為了一些小事情而吵的。」

回復平靜的她這時伸出一手搭在我媽媽的手上，然後再正眼對著我媽媽說：

「真的沒有什麼嚴重的事情啦！陳媽媽，真的，相信我。都是一些小事情或是過去的事情而已，我們倆個在澳洲常常這樣吵架。」

她說的是事實，我無法插嘴，我的確是這樣，常常因為一些細故而吵架。然後我聽他們繼續講下去。

令我訝異的是，即使她常常被我打，但是她嘴裡說的盡是我的優點，像是聰明、功課好、能力強可以幫她寫完功課，以及認真和努力等等。

不過她稱讚我的這些優點都沒有引起我太大反應，反倒是最後做總結時的那句話讓不僅當下的我、還有日後現在回想起來都還是覺得非常傻眼，她竟然說：「雖然 Gary 脾氣這麼大，但是說不定是他日後成功的因素！」

不管是在當下、還是現在，我都覺得這句話不僅看走眼了，更是因為她「愛到卡慘死」的原因使然。

殊不知，後來我一再發病，直到我確診為躁鬱症，又被長年看診的醫師判定我有情感性思覺失調症，我愈是不知道自己到底怎麼了？

在這裡，我會以躁鬱症和思覺失調症混合著使用，是因為在布魯勒（Eugen Paul Bleuler）的著作《精神醫學教科書》（*Textbook of Psychiatry Eugen*）中，他認為躁鬱症和思覺失調症，這兩種疾病在實質上並非截然不同，它們就像連續體，並沒有清楚的界線。

普遍來說，平均而言，躁鬱症患者的疾病結果，和思覺失調症比起來較不嚴重。世衛組織（WHO）的思覺失調症國際先驅研究（IPSS）所做的研究中就有這樣的發現。

不過英國精神科醫師提姆．克勞（Tim Crowe）指出，此結論乃基於錯誤的歸因，他指出這即是「非黑即白的謬誤」，也就是太從教科書照本宣科，即看起來「顯然是思覺失調症」或「顯然是躁鬱症」者，而忽略同時擁有這兩種疾病症狀的大量患者。

因此，思覺失調症與躁鬱症乃是一個相同疾病的不同型態，疾病結果可能會是患者感到兩種疾病的混合症狀；而我日後被確診的情感型思覺失調症的疾病結果，應該會介於「純」思覺失調症與雙相情緒障礙症（Bipolar Disorder，躁鬱症）之間的某種平均程度（詳見理查・班托著作《瘋狂解析》〔*Richard P. Bentall, 2022, Madness Explained: Psychosis and Human Nature*〕）。

只知道我光是應付這種嚴重精神疾病的症狀就非常的吃力又辛苦，而情緒控管還只是其中的一個環節，然而光是學會控管情緒，我就費了好大一番功夫，跟花費許多時間了。

所以這句話說得絕對是看走眼了，這個情緒困擾問題反倒成了我有可能可以成功的最大阻礙，甚至是導致我一度悲觀的認定自己是個失敗者的最大原因。

＊＊＊

在我們回台時，突然搞得沸沸揚揚的；不過我母親與我有段私密的談話，是不能讓艾蜜莉知道的。

有一天，媽媽跟我說：「家人和親友的意見都是她太老了。」

我答說：「我知道，他們訕笑和異樣眼光我都有看到。只是我也沒有很愛她啊！」

我問媽媽：「妳知道為什麼我並不愛她嗎？」

媽媽搖頭後，我就接著說：「因為她是『錢嫂』，什麼事都講錢。雖然她家很有錢，開公司又在海外有兩百多人的工廠，可是她卻很愛斤斤計較，愛買包包奢侈品的習慣，也讓我覺得吃不消，根本養不起她啊！」

媽媽靠過來像是要跟我講什麼秘密似的：「那你畢業後就和她分手吧！她和你年齡差這麼多，價值觀又完全不同，她實在不適合你。」

我把媽媽的叮囑聽進去了，於是我們母子倆人便說好了：「剩下的時間就是彼此互相利用，可以分攤房租與其他生活花費，減少開支。」

我接著說：「我知道了，我會和她分手的。回澳洲的時候就繼續互相利用。我繼續幫她寫兩個人的作業，然後她繼續幫我做家事。」

我和媽媽打勾勾說：「等到畢業後，我就會找機會和她分手的。」

在台灣的假期結束後，我和艾蜜莉就如往常一樣回到澳洲，繼續過著留學生的生活。

我一樣負責閱讀全部的書籍，書讀完之後就構思如何寫每份作業，最後就「吃苦當作吃補」的完成兩人份的作業量。

艾蜜莉則一樣負責做家事、煮飯和開車。而兩人的開銷就共同分攤支出，關於錢這點，她可是跟我算得清清楚楚的。

這種類似「男主外、女主內」的相處模式還頗平順的，如果扣除掉還是沒有少的吵架與打鬧來講。

＊＊＊

自從我對自己承諾要加倍用功讀書後，從此我在澳洲讀書的努力程度不是百分之兩百，就是更遠高於這個數字的超加倍努力。

因此，我不但在負擔著每份作業都要產出兩人份，而且我還以女性口吻加上其他寫作技巧，讓這兩人份看起來就像是真的兩個不同的人所寫出來的作品。恭喜我們的是一直到迎來畢業時都未曾被識破，說起來很 lucky，而艾蜜莉也如願以償的得到她的學位。

此外，依照澳洲的學制，大學學士學位普遍來說都是三年制，不過我頂住扛天的壓力，硬是在每個學期選修了五個科目，比平常學生們每學期修三或四個科目還要多很多。更何況我是在要承擔寫出兩人份作業的情況下做出完美的成果。因此我將修業期間從三年縮短到兩年半。

我們可以來算算看，每個科目都至少有三份作業要完成，而且越後面的作業在寫作量上，和困難度上都會越加重。

那我一個學期修讀五個科目，等於有至少十五份作業要完成，而這還是一人份的。如果再把它乘以二，就是兩人份的作業量，答案是總共需要完成多到三十份的作業。而且這總共三十份的作業要在一學期的半年時間內完成。更不用提開始寫每份作業之前一定要進行的大量閱讀，才能寫出一份又一份的作業。

所以說我真的是頂住龐大且扛天的壓力，硬是撐了兩年半之久，期間從不言辛苦或疲憊，反而享受著沉浸在知識大海之中，更加喜歡這種閱讀後再寫作的工作方式。可以說，我愛上閱讀和寫作就是從這時候埋下種子的，並且快速成長茁壯，直到現在依然手不釋卷，一輩子都未曾放棄閱讀的習慣。

我在看了最後的總成績單，發現自己確實可以做到重質又重量，不僅做出來的作業量很多，而且看到成績還不會馬虎，有的甚至表現優異。

這燃起了我繼續攻讀碩士學位的念頭，我覺得自己有非常高的把握可以應付碩士學位的課程。

我也把讀碩士的想法告訴艾蜜莉，而艾蜜莉起先還不敢阻攔我，因此本來倆人說好了，她先回台去她父親公司上班，而我則待我完成碩士學位的夢想再回台。

本來這一切都講好了，我一樣把媽媽要我與艾蜜莉分手的叮囑記在心裡莫敢忘。我連碩士都申請好了，其中最吸引我的是位於雪梨的知名學府：麥覺里大學（Macquarie University）的國際關係學（International Relations）碩士學位。我也暗中盤算著就藉由遠距離的關係，找個時機和艾蜜莉分手。

不過倆人好像是在上演「依依惜別」的戲碼，讓我又飛回去台灣。只怪我耳根太軟，無法堅持己見，而艾蜜莉果然還是希望我回去台灣跟她在一起，於是便慫恿我放棄碩士學位，飛回台灣。

結果我放棄了麥覺里大學的碩士學位，也放棄了已經租好的房子，接著又花幾天時間打包所有行李，然後就這樣飛回台灣。

雖然艾蜜莉又能如願以償的和我見面，然而這樣衝動之下做出來的行動果然不會有什麼好結果的。

結果我的家人看到我竟然為了注定要分手的她而放棄了碩士學位，他們感到失望且不能理解為什麼我會這麼做的理由。想當然爾，家人更加催促我盡早跟她分手，因為她為了能在一起而不顧我要去追求攸關前程的碩士學位。

其實前面已經講過艾蜜莉是那種以錢為中心，個性非常喜歡斤斤計較的女生。這不單單指錢方面，連感情方面也會計較誰多誰少。這讓我非常苦惱，覺得我千辛萬苦地遠從澳洲飛回來，但是我們倆個依然有吵不完的話題。於是媽媽的叮囑再次在我耳邊響起，我心中亦有了盤算。

有次她開車北上來找我，結果當天晚上，她邊哭訴的對我抱怨道：「這段感情都是我單方面在付出，你付出的很少。」

正當我想著我都為了妳千辛萬苦從澳洲跑回來了，她卻一邊流下眼淚接著說：「每次回台灣，都是我開車北上來找你；可是卻沒有看到你想下去大佛市找我，一次都沒有。」

雖然我知道下面所說的都是藉口，但是我還是不得不說其實我有自己的苦衷。首先，她有汽車，來去自如，當然比較方便！

想想看，我不僅沒有駕照，也沒有自己的車，我要怎麼像妳這樣自由來去呢？再來我初到澳洲的年紀還未滿十八歲，當時我根本沒有在台灣坐過大眾運輸工具的任何經驗，我要去哪裡找車子到她家找她呢？

最後也是最重要的考慮點是我們倆人年齡相差太多，妳北上時，我身邊就有很多人有意見，說妳年紀太大，不適合我。那我當然也會想，如果我一個年輕小伙子去到你們大佛市的大公司，會被妳的父母說我太年輕太幼稚，甚至會對我有：「哪裡來的小夥子？是不是在覬覦女兒的錢才會跟她交往啊？」這種想法。

這三點因素我並沒有對她講明，只是看著她哭訴抱怨而已。因為我心中已經有了盤算了。

等過幾天後，她終於又回大佛市。我等她到家報平安後，再等到當天晚上，拿起電話撥給她。

我實話實說，把交往以來從她身上感受到的一些像是斤斤計較和只談錢的缺點，我覺得我們倆個不適合在一起。我對她說，因為我也有很多缺點，但是這不就正好證明了我們彼此不適合嗎？

我解釋給她聽，最後語氣堅定的說出來：「我們倆個還是分手吧！我們彼此不適合，在一起只會不停的爭吵不休，我不想再這樣子了。」

她在電話那頭發出啜泣聲，並沒有說太多話，我為了讓她徹底死心，再對她說道：「我不耽誤妳的時間了，我們年齡相差太多，在一起不會得到祝福的。妳還是找個適合年紀的男人，趕快結婚吧！」

然後我再堅定地對她說：「我還年輕，還有自己的夢想要去追求，我們就不要再耽誤彼此了。」

兩邊話筒都漸漸歸於平靜且沉默，我告訴她我就說到這裡了，然後便把話筒輕輕掛上。

這便是我跟艾蜜莉最後一次對話，終於結束了這段充滿暴戾與爭吵的關係。我也放下心來，平靜地告訴媽媽這個消息。

第三章　攻讀碩士獲佳績

拜初戀女友所賜，我這下在沒有在學證明的情況下，突然的跑回台灣，現在要面對的現實問題就是困擾大部分台灣男生的兵役問題。當時兵役法規定在海外留學的男子一定要有大學的在學證明，因為我並沒有在就學，看來一年多的兵役是勢必得要硬著頭皮去完成了！

為了避免浪費時間，我主動去區公所報到，要求提早服兵役，希望把應盡的義務趕快盡一盡，好再去澳洲完成我讀碩士的夢想。

好不容易才等到徵召，我雖然心中有千百個不願意，還是跟著一大群同樣帶把的哥兒們出發前往接受新訓。

我新訓的營地就是有名的登高嶺，位在中港城，至於登高嶺到底是因為它的操練程度軟而舒服而眾所皆知，抑或是它的硬又很會操新兵而惡名昭彰，我不得而知，因為有正反兩面的說法，我想只有等到我深入虎穴才能真正體會到了。

說操，可能當時我還年輕有體力，並不感覺到辛苦或疲累，反倒是當作是在運動就好了。

不過比較讓我不習慣也受不了的是「寢室」那些繁文縟節般的規矩，像是幾乎每個男生當兵都要會折的像豆腐一樣的正四方型棉被，我就覺得自己手做這方面很笨拙。

再來是餐廳吃飯也有很多繁文縟節的規矩，什麼要坐正、要以碗就口（上半身坐直，把碗往上捧到嘴前食用）、飯菜都要吃光光等的規定，著實惡狠狠的整了我們這群新兵。

眼看我就要在男人國裡度過一年多的時間，本來應該像大家一樣認命，不過我手中還握有一絲希望：「我可不可能會驗退呢？」

那是因為第一天進來時，有軍中的醫官再為所有新兵做一次體檢，沒想到我竟然是漏網之魚，外面醫院沒有發現到的問題被眼尖的醫官給發現了。

當我單腳站立時，會有左傾右倒不平衡的情況發生，而醫官眼睛非常銳利，馬上對我說到：「你好像有扁平足！」

哇！我的媽呀！在我被這名醫官發現之前，我從來都不知道自己有扁平足，只是覺得自己平衡感不好而已。

醫官還告訴我要去做更仔細的檢查，確認符合標準的人才可以驗退。

我心想這下太好了，不用假裝是神經病就可以離開這個惡魔窟了。

曾聽過很多男生為了逃兵役使出各種絕招，例如像是把自己吃胖一點、人躲在國外硬撐到過了兵役年齡、裝瘋賣傻等等，最誇張的是竟然有人為了逃兵役而自殘砍斷一節手指頭。

我們幾個有驗退機會的新兵，常常就會去請託脾氣溫和的斯文排長，纏著排長問問題，例如什麼時候去做體檢？做完體檢又開始問什麼時候會有結果？

終於等到我們去做體檢的那天，輪到我時，由於我的項目是扁平足，於是我得要站上床上，然後再戰戰兢兢地將我的雙腳貼緊腳型的測量儀器。

在檢查過程中，我一直在心裡唸南無阿彌陀佛的佛號，祈求上天賜給我不用當兵的機會，我將會把得到的時間拿去澳洲努力用功讀書，用好成績來得到碩士學位，我就這樣在心中一直默念著。

回到營區後，我們這群有去做體檢的人好像心情都不能平靜，每天心中所想的就是：「我可不可以驗退呢？」

軍事機密是國家大事，即使是像是新兵驗退的事情也要守口如瓶，不能透露半點風聲。因此，斯文排長儘管個性溫和，但是嘴巴卻超級緊，不管我們怎麼纏他，他還是說這個東西不能說啊！

「如果我告訴你們誰可以驗退、誰不可以的話，那這樣你們的態度不就會大變？」他試著跟我們解釋不能講出來的原因的確有其必要性，「如果提早跟你們講，那不能驗退的人不就垂頭喪氣？而可以驗退的人不就開始態度囂張了？」他嚴肅地說道：「軍隊士氣是不能被少數份子影響的！」

最後他拗不過我們這群急切想要知道結果的人說道：「好啦！我就告訴你們一

件事好了。」

大家流露出渴望知道的飢餓表情，排長則說到：「我唯一可以告訴你們的就是可以驗退的人會在倒數兩天時得知，然後隔天立刻就要離開營區。」

哇！我會昏倒！排長這樣有說等於沒說呀！我們一樣不知道檢查結果，聽排長這麼說，那就更難熬了，我們要靜待結果出爐，誰可以或誰不可以，一切都聽天由命了。我想排長會這樣說也是為了讓我們不要再麻煩他吧！

不過我在靜待結果出爐的期間，不時在心中默念佛號祈禱會成真，也因為我曾經仔細觀察我的腳，知道自己的腳很扁平，所以也滿懷希望。

果不其然，我在進入登高嶺新訓的第十八天晚上接到排長的驗退通知，並且要我立刻聯絡家長在隔天早上就要帶我離開營區。

我一聽到這個天大的好消息，興奮不已的表情全部都寫在臉上，只差沒有跳起來大聲歡呼而已，因為我怕被要留在這裡數饅頭的兄弟們痛扁一頓。

隔天我就坐著爸爸的車一路北上，直奔回家的路上。

彷彿逃出昇天的我最愛與家人分享這十八天驗退的過程，心中的喜悅就像是中了頭獎似的欣喜若狂。

＊＊＊

而我重獲自由後最想做的事情，就是到留學公司去申請就讀碩士課程。雖然我知道後面還有一個三十五天的補充兵，但是由於我們不能被操，去那邊也只是吃喝睡覺，所以我根本沒有放在心上。

因此，我告訴爸媽說這次我要計畫好以便安排時間，我想趁著等當補充兵的這段時間正好拿來當作申請學校的等待時間。我認為等到我服完補充兵後，學校申請結果可能早就會出來了。

果然我結束補充兵的服役後，學校的 Offer Letter 都來了。完全在我的盤算中，沒有浪費時間。

看著幾間大學的 Offer Letter，我突然心中燃起一股新想法：「這次何不遠離講中文的華人太多的雪梨市，改去以當地白人為主的城市好好重新開始，一方面可以磨練英文能力，一方面又可以好好讀書。」

於是我最後就選擇了位於昆士蘭州黃金海岸與布里斯本的格里菲斯大學（Griffith University），攻讀新聞系碩士學位。做完抉擇後，一切都塵埃落定了，只等著啟程的那天。

＊　＊　＊

這是第二次我來澳洲留學，這次的目的地不是之前的繁華國際大都會雪梨，而是位於昆士蘭州的觀光大城：黃金海岸。

我一下飛機後，就在機場大廳看到舉著我的名字牌子的當地澳洲白人，是個約六十幾歲、身材壯碩的伯伯，我遂舉手向他示意，他也揮手回應我。

我們靠近時，這位伯伯伸出他的手，我也伸出手與他握手，然後他以爽朗的語氣對我說：「G'days Mate, and how are you going?」

我回應感謝他來機場接我。

上了他的車子後，發現是台車齡大概有十幾年的自用車，不過反正堪用就好了，我也沒有什麼要求。

開上路後，伯伯說：「我們還有很多時間，除了下塌旅館，你有沒有什麼其他地方想要去的？」

我不做二想，立刻就告訴他，來到黃金海岸，我第一個最想要去的地方就是知名的「衝浪者天堂」（Surfers' Paradise）。他滿臉笑容的說：「Sure, no problem.」

伯伯一邊開車，一邊和我聊天，大概都是有關黃金海岸這座觀光城市的話題，他用心地幫我做介紹，真是一個不錯的嚮導。

大約開了四十幾分鐘，我就看見了一片又長又廣的金黃色沙灘，伯伯告訴我：「我們到 Surfers' Paradise 了。Enjoy your sightseeing！」

衝浪者天堂是黃金海岸最知名的景點，也是娛樂和旅遊中心，它擁有寬闊的衝浪海灘。如果你沒有來過衝浪者天堂，別說你到過黃金海岸。

我看著它長長的海岸線好像無邊無際，看不到盡頭，這樣廣闊的空間，就知道它為什麼會吸引那麼多熱愛衝浪的年輕人過來，因為他們可以在此沒有侷限的盡情享受衝浪的刺激與快感，這裡的確是名符其實的衝浪者天堂。

此外，我也看到主導天際線的的摩天大樓非常的壯觀且吸睛，和沙灘與海形成垂直線條，赫然聳立著直達天際。天與地就這樣連在一起，令人讚嘆它的壯觀與美麗，簡直讓我驚呆了！

看完黃金海岸最知名的衝浪者天堂，我感到很開心，跟伯伯感謝他帶我來這邊賞景。接著伯伯就說：「那我們就準備出發前往你的旅館吧！」然後我們就進入車子裡，伯伯發動車子後，便朝著我的旅館前進了。

暫居旅館很不方便，也很不舒服，因為有許多準備來開學的學生們，沒想到竟然還有將近五個人擠在一個房間的情況。

我心想，那我趁著開學前的幾天時間，要趕快租到房子，還要接通家用電話，更要買一支方便聯絡的手機。

在國外，什麼事情都要靠自己，尤其是在一個人生地不熟的地方，更是只能自己來做，因為不太可能會有幫忙的人出現。

我在後面兩天裡就辦完所有的事情，包括有隻手機，有台家用電話，以及最重要的是我租到房子了，這樣就有個安頓下來的地方了。

離正式開學前三天要去參加歡迎新生的迎新日（Orientation Day）。不過雖然我有研究公車路線，但是我卻遺忘了時間表，結果導致我第一天就快要遲到了。

我到達公車站牌時直接望向我漏看的公車時刻表，結果一看就發現：「完了，我糗大了。可以趕上學校迎新日的那班公車已經開走了……」然後我再仔細看時刻表發現：「更糟糕的是下一班公車要再等一個小時。」

我頓時緊張起來，著急的想要找出一個解決方法。好在那時候紙本地圖都會隨身放在身上，於是我拿出地圖來研究，發現有一條直直的大馬路可以直達我的學校。不過令我意外的是它長達十公里，我也無法計算步行到目的地時間要花多久？以及用走的去學校會來得及嗎？

可是眼前也沒有更好的替代方案，於是我便決定用雙腳走路去學校，看看我可不可以克服這十公里的路。

當我步行越來越久後，雙腿開始發麻刺痛，我覺得我的腳快撐不了了。不過我還是一步一腳印的硬撐著走下去。

終於，我在遠方那邊的山丘上看到了一棟棟以紅色為主色的建築物，我知道**我成功了！我堅持下去，終於成功抵達終點了**。

迎新日結束後，我便拿著課程資訊文件在圖書館裡找一台電腦，是為了要線上選課程。

我非常仔細地研究課程內容，因為這可是碩士學位，不可和之前在雪梨的大學及學院相提並論，所以謹慎細選是相當必要的。

正式開學後，我像是回到之前在雪梨讀書時的情況一樣，又將自己泡在書堆中，好像把閱讀當成是為自己的大腦進補一樣。

有時候課程需要上網找資料，還要進入師生共用的線上資料庫裡找期刊論文。

這些海量的文字讓我從此之後都習慣了大量閱讀的工作方式，也覺得惟有透過大量閱讀，才能對主題理解透徹，也更能融會貫通，並產出一份又一份的好作品。

大概第一學期過沒多久，我就覺得自己已經得心應手，而且還有些餘力，感覺似乎還可以做些什麼。我心想我之前和艾蜜莉在一起時，每個學期都要寫出兩人份的作業，一個學期大約要完成將近三十份作業。因此我偷偷想著：「要是能夠幫人家寫功課，順便賺錢的話，不知道該有多好啊！」

正所謂心想事成，我才剛有這個想法，沒想到幾天後便有賺錢的商機了。

某天我在黃金海岸鬧區的購物商場超市買菜時，沒想到會在這間商場裡遇到一張熟悉的面孔，仔細看，才知道原來是之前在雪梨認識的台灣弟弟安迪，當時我已經讀大學了，但是他還在讀語言學校。

「嗨！安迪，好久不見了，沒想到竟然會在這裡碰到你。」我走到他前面跟他打招呼。

「啊！你是 Gary 啊！真巧、怎麼會在這裡遇見你？」安迪馬上就認出我。

「我也正想問你同樣的問題，你不是應該在雪梨嗎？怎麼會來這裡呢？」我也好奇的問他同樣的問題。

「喔！因為我現在在昆士蘭這裡念大學，所以才會來這裡。那你呢？」安迪回答問題並反問我。

「我是來這裡念碩士的。」我也回答他的問題。

「碩士！哇！真不愧是Gary欸！實力超強喔！」安迪聽了後佩服的說道。

「你不要這麼說，太客氣了。其實只要有心，大家都可以做到啊！」我說。

「你說的那個『大家』絕對沒有包括我，我不可能讀碩士的，光是現在大學的作業就已經應付不來了。」他無奈地說。

我靈光一閃，想到我不是正在找功課不會做的人嗎？於是我就對他說：「怎麼了？功課遇到困難嗎？需不需要幫忙？」

安迪嘆氣說：「已經不是困難，而是一種語言障礙了。因為我英文能力本來就很差，要我寫出一篇幾千字的文章根本是不可能的任務。」

沒想到他會這麼有話直說，那我也就不用再不好意思了。我說：「你有沒有想過讓別人幫你寫功課，然後你付些酬勞呢？」

安迪像是突然發現新大陸似的，興沖沖的說：「真的嗎？真的有人能收錢幫別人寫功課嗎？在哪裡？」

我手指著自己的臉對他說：「有啊！就在你面前，就是我啊！」

安迪高興的說：「我還擔心會交給不認識的人，原來是你喔！如果交給你我一定放心的。」

我則告訴他我的需求：「其實我不只只想做你一個人的作業，我想要補貼一些家用，所以我想找更多人的作業來寫。你可以幫我找找人嗎？我就先跟你說謝謝了！」

安迪頭腦動一動後便馬上告訴我：「我應該可以幫你找到更多人，他們也都是因為英文不好，而無法應付作業的人。」

我聽了後很開心，便對安迪說：「安迪，謝謝你，真是太謝謝你的幫忙了！」

我雙手合掌作感謝狀。

「你不用客氣啦！這下我的功課妥當了。我老爸就不會一直對我強調要有學歷文憑，回來才可以接他的公司這句話了。」安迪說。

「我有你的MSN帳號了，那晚上你就把你要我幫你寫的作業的電子檔傳給我吧！我會在期限前完成並回傳給你的。」我說。

「大概有三份吧！對了，你一份作業要收多少錢？我先付錢啊！」安迪問我。

「一份作業就收澳幣二百元吧！可以嗎？」我說。（澳幣匯率換算台幣約為一：二十二）

「可以。那我現在就把澳幣六百元給你。太棒了！這樣子我到學期末都不用擔心我的作業了。」

他馬上就從皮包拿出六百元澳幣，我一邊把錢收下，一邊心想著：「有錢人家的富二代出手果然大方，給錢給得夠爽快！」

從此之後，安迪和我便一直保持著合作關係，他不只將自己的作業交給我寫，還幫我介紹了其他三、四個學生，讓我有源源不絕的收入。

我自己本身賺錢賺得開心，也一併把喜悅與台灣的家人一起分享，告訴家人我現在幫忙別人寫作業賺錢，幫他們減輕負擔，甚至要求家人少寄錢過來。

其實本書後面章節我會用到一個自創的名詞叫做「過度用功」，但是我不知道我從在雪梨讀大學起負擔兩人份的作業是否也算是「過度用功」？而如今我不僅要顧好做好自己碩士課程的所有作業和應付考試，然後我又同時兼差負責做其他三、四個大學生的作業，我不知道這樣的量是否也算是「過度用功」？

我也不知道自己把這些加總起來的課業量加乘數倍的重會不會壓垮我？會不會把自己逼瘋？

不過我還是非常喜歡這樣大量閱讀，從大量的書籍中汲取重要內容及有用資訊，就把閱讀的過程當作是我的大腦在吃補品，而書中的知識正是大腦最好的營養素。

在昆士蘭讀碩士的這一年半的時間，我過著既單純又充實的學生生活，每天的生活，不是上課，就是在家寫功課，跟泡圖書館上網找資料。

而且那時我身邊也沒有人，偶爾還會以為自己根本沒事，也完全不覺得自己可能生病了，認為自己只是因為沒有很喜歡艾蜜莉的原因，才會對她施暴動粗。

第四章　親情、愛情、工作，什麼都沒了!?

Yap, I'm totally fine, actually I couldn't be any better!

嗯，我沒事，事實上我好得很！

不相信的話，我的碩士生涯的最後總成績單和碩士論文怎麼會雙雙都得到最高分呢！

在我知道碩士生涯獲得GPA5.5、幾乎摸到天花板的高成績（記得GPA6好像是天花板了），再加上我的碩士論文也獲得HD（High Distinction。猶如美國的A+以上的成績）的最高評價，能夠獲得滿堂彩的好成績，我真的是欣喜若狂。

我認為我碩士生涯攀上最高峰的原因在於願意付出努力並堅持下去，接受並享受著知識的洗禮與薰陶，願意挑戰不可能的任務（包括自己的課業，還另外負擔了三、四個人的課業）等等的原因。

澳洲成績 GPA 計分制—AMEC 英美澳國際有限公司

Grade	成績	百分制	澳洲七分制
High Distinction (HD)	優異	85 ~ 100	7.0
Distinction (D)	優良	75 ~ 84	6.0
Credit (C)	良好	65 ~ 74	5.0
Pass (P)	及格	50 ~ 64	4.0
Fail (F)	不及格	46 ~ 49	3.0
Fail (F)	不及格	30 ~ 45	2.0
Fail (F)	不及格	0 ~ 29	1.0

挾帶著這股滿滿的自信感，我鼓足信心回台準備出社會工作。

這是初次求職，沒想到會有這麼多而應接不暇的面試機會。雖然我不至於會自我膨脹，不過在當時倒是讓我有「國外高學歷果然很吃香」的認同感。

後來我就在一間位在大安區的英文報社上班，擔任記者。這間公司規模中等，大約有八十名員工。

本來也只是單純的上班，沒有想太多，但是看到公司不斷有新進員工，我也開始注意到新進的女孩子。

高的、太漂亮的我沒辦法，只好選擇難

度不要那麼高的對象。然後就相中了一個個子嬌小、有內雙眼皮的女生，叫做艾倫，她的特色是她有個小戽斗。

只是沒想到與她交往卻是惡夢的開始，也掀開了我人生的黑暗篇章。跟她在一起時，感到沮喪又委屈。而之後的分手也造成了我極大的痛苦。

為什麼呢？男女的結合應當是好事一樁，為什麼會痛苦？

那是因為艾倫是個十足的外貌協會，再加上她又是個毒舌派，在交往期間常常對我做人身攻擊。

在剛交往的第一天，她就不顧我的感受，對我說：「胖子跟瘦子不能交往！」沒想到才剛接受我就馬上對我說這種話。

交往之初，開車載著她，結果我的朋友打車上電話給我，開口就很沒禮貌的說：「喂！大摳欸（胖子）。」結果更誇張的是我的女友艾倫笑得比誰都大聲，而且笑個不停，不知道怎麼讓她停止？

我不懂為什麼她要針對我一人進行人身攻擊？

胖的時候就說我胖，於是我就開始了手指挖吐法的惡性減肥法。

後來在我瘦下來後，又直接在我面前說即使我瘦下來也沒有好看到哪裡去。

不懂這些喜歡對人的外表進行人身攻擊的人怎麼不拿面鏡子照一下自己，看看自己是否有資格說這種話？

我完全不能理解，也不知道她這樣做對倆人有什麼好處？

如果她攻擊別的女生可以抬高自己，這我可以理解；但是人身攻擊自己男友的外貌能得到什麼好處？向大家說我交了個醜男友嗎？我實在不能理解她為什麼要這麼做？

不僅不能理解，我也弱小到不知道該怎麼反擊回去。莫說反擊，就連她突然又毒舌我都不知道該怎麼反應，就這樣呆呆地讓她嘲笑我，對我進行人身攻擊。

我不懂為什麼？既然妳這麼嫌棄我的外表，那妳當初就直接拒絕我就好了，何必接受了我再踐踏我的尊嚴呢？

就是因為我當時想不透為什麼她要接受了我，再來糟蹋我，我一直默默承受下去。

她對我的人身攻擊，造成身心靈極大的傷害！

我先進行了手指挖吐法來加速減肥，後來又在停車場裡趁著每天午休時間在殘障廁所裡洗頭髮，再用髮蠟與定型液在自己頭髮上做造型。

她對我講的話造成我幾乎強迫症似的重複行為，我卻以為妳如果真的那麼嫌棄我，那我就只好繼續重複做下去。沒想到竟然堂堂一個留學歸國的碩士生，如今卻卑微到每天幾近強迫的逼自己改變外貌，只為了迎合女友的歡心。

對於艾倫這個人對我的毒舌與人身攻擊，我完全不能理解。畢竟在她之前從來沒有女生會一再重複的對我進行人身攻擊。

不過艾倫對我的人身攻擊的確造成傷害，竟然會讓我自卑到產生一種可悲又可憐的想法：「我真的又胖又醜，那也只有艾倫會接受我了，其他女生可能都不會接受我了。」

我不知道這是否是類似像一種創傷後壓力症候群的症狀，我就這樣又自卑、又可悲的與她交往下去。

有次是強烈颱風來襲的夜晚，我和她買了些泡麵和餅乾，本來應該是個溫馨的颱風夜，結果艾倫又對我的外表嘲笑。我感到難過又悲傷，在她睡得很舒服時，我則是整晚輾轉難眠。最後在凌晨天漸露白時，在她睡得很爽時，我卻流著眼淚，一人在路上看著被颱風肆虐後的景象，宛如我被摧殘的心靈，我不禁在街上獨自一人嚎啕大哭。

據說思覺失調症患者常常會有大哭大笑的行為表現，雖然是成人了，但是我就是這樣表達情緒的。

好在這段痛苦的交往也終於到了可以停止的句點。

因為我又發病了，但是與她對我的人身攻擊無關，她的羞辱與糟蹋，我只能白白的受傷，反而不敢對她發脾氣，就怕換來一句話：「說你醜就是醜，還敢生氣啊？莫非是見笑起肚爛（丟臉轉生氣）？」

我又發病的原因是感嘆世事無常、人生亦無常，因為我離開英文報社後經歷了連續失去親人、工作與感情的連續三重打擊。接連的在短短半年間失去那麼多，讓我陷入低潮期。

首先是工作方面很不順利。

歷經英文報社的有志難伸，下份工作我得到一個想要拿來當作自己專精領域、報導科技新聞的工作。誰知道雖然喜歡這間科技雜誌社的工作，卻只因為自己一時口誤說錯話，招惹到不該惹的對象，某出版業的共同創辦人之一的女兒，結果短短幾個月這份工作就得而復失。

再來是經歷痛失親人的痛苦。

天知道世事會如此無常，上個月才剛失去喜歡的工作，這個月連最疼愛我的阿嬤竟然在這時候離開人世，我完全無法承受這種生離死別的痛苦，整個人幾乎已崩潰了……

阿嬤陡然的離世，這種下一秒立刻宣判生離死別的痛苦很難以形容，不過法國思想家羅蘭．巴特（Roland Barthe）在他《哀悼日記》（*Journal de deuil*）一書中，這篇悼念親人的短文可以貼近我當下痛失親人的心境：

以前，死亡是一個事件、一個突發狀況，

因此，會讓人騷動、關切、緊張、痙攣、抽搐。

突然有一天，它不再是事件，

而是一種持續狀態、沉甸甸、無意義、無以宣言、陰沉、求助無門：

真正的喪傷無法以任何方式表述。

陰陽兩隔的事實，讓我很長一段時間無法承認阿嬤已經仙逝了，然而望著躺在棺木裡的阿嬤讓我好想回到以前有阿嬤在的時光，那就太好了。

我想起了那時讀過一本小說：《被偷走的人生》，我也好想像主角一樣患有失憶症，能忘掉失去所愛之人的痛苦，又能每年在有所愛之人在場的日子時才醒來。

＊＊＊

好像回到之前對艾蜜莉暴力相向那時的感覺，如今我又變得暴躁而易怒。我也開始對艾倫大小聲、咆哮吼叫、不斷的爭吵不休，以及在她面前摔東西，甚至是開車時刻意危險駕駛，包括蛇行、逼車和瘋狂按喇叭。

應該是在接連失去了喜歡的工作和最疼愛我的阿嬤，那時崩潰過後就應該已經發病了吧！只是沒有人知道我怎麼了，連我自己也不清楚，甚至沒有覺得自己這陣子異於常人。

不過在家人得知我最近的情況後，爸媽便帶著我四處去求神拜佛，甚至一度還以為我中邪了或是卡到陰了。

其實實情是我又發病了，但是我身邊的人都沒有接觸過精神科，當然也無法取得精神科相關資訊，所以沒有人知道我怎麼了？連我自己也不清楚。

日後我利用撰寫這本書來回想過去，感嘆我的人生真的是充斥著許多問號，我都不知道為何會罹患躁鬱症與思覺失調症這種重大精神疾病？為何會在二十一歲（與艾蜜莉交往時）這麼年輕時就發病了？以及為何疾病會來找上我？

由於當時我變得情緒暴怒又暴躁，而且出現許多脫序行為，令人感到既可怕又納悶，不知道為什麼我會變成這樣？

雖然我們四處求神拜佛，也都查不出個所以然。有人說我帶有神命，要出來替人排憂解難。有人說我是某某帝君的凡身，要出來度化世人。還有的說我要來當桌頭和乩童。

我幾乎可以想像那個反差的畫面：我赤裸著上半身、下搭一件紅褲子，手持尖利的狼牙棒，不斷往我的背捶打到鮮血四處淌出，嘴巴則喊著：「Oh! My God! What the fuck am I doing now?」（哦！我的天！我現在到底在幹嘛？）

雖然我們家本來就是有在拜拜的人，但是這些說法太玄奇、太不可思議，我覺得我無法接受這些宗教信仰方面的說法。

由於查不到原因，家人只好套一句話來說，家人和爸媽都以為我只是「脾氣大」。可是「脾氣大」這句話卻讓我誤診了好幾年。

＊＊＊

終於第一個離開我，也是唯一在當時離開我的人就是無緣的艾倫。她看我變成這樣，當然她也不知道我是怎麼回事，所以當然也不可能想到要幫我，她唯一的念頭就是：「趕快離開我！」

雖然我知道她的毒舌和人身攻擊很惡劣，但是此時我還有需要她的理由。因為我就在短短不到兩個月的時間接連失去喜歡的工作，和最愛我的阿嬤，那我現在正是需要她的時候啊！

「妳應該知道情況啊！妳怎麼可以說離開就離開呢？」我希望她給我一個答案。

不過她還是硬生生的跟我分手，就單純的說我的脾氣太大了，還幫我指名我應該去找誰跟我交往才適合。

我氣不過，心想：「妳離開我，不顧我此時正需要有人在我身邊，沒想到妳還給我亂點鴛鴦譜，竟然還管我應該跟誰交往？」

於是我一巴掌呼過去，正好打中她嘴唇，牙齒咬到嘴唇，因此流血了。

而當天晚上我也沒想到回家後我會瘋狂到這個地步。我彷彿像是有空手道黑帶的實力，竟然徒手把馬桶水箱給劈爛。而且我隔天起來竟然渾然不知，就連手也毫髮無傷，爸媽問我，我也完全都不記得了。而且隔天早上起來我還反問我媽：「是誰把馬桶搞成這樣的？」

不是裝傻，當時我真的一點記憶也沒有，就算是現在的我努力回想，也記不得自己有這麼做過？

這到底是創傷後壓力症候群，抑或是，我一再又一再地受到打擊而崩潰到不能再崩潰了，以至於大腦發揮了它的保護機制，選擇性的把最深沉的傷痛埋葬在我的大腦底部中。

可見我的人生是多大的一個問號？我自己發病了，卻渾然不知。不僅不知道自己這樣子異於常人，也沒有感受到自己這樣子會讓身邊的人受不了。這應該不能只用脾氣大就能夠解釋得了，單純脾氣大不是這樣子，單純發脾氣不會連自己徒手劈爛馬桶都不記得。這應該是發病了卻自己渾然不知，而身邊的人也都苦無這類的資訊。於是我就繼續這樣下去。

在人生接連失去重要的親情、感情、工作後，我的人生也漸漸失去重心，中間的軸好像被抽走而坍塌了下來，整個生活都崩塌了。

如果我能早點理解「人生就是無常」，那或許我不會那麼痛苦，可惜那時年輕的我沒辦法理解這種簡單卻切實的人生哲理。

如果我能理解一個人在短短半年內失去那麼多東西，當然會崩潰，但是要懂得振作起來，而不是放任它這樣下去。

更何況，我就是這樣的人，永遠都是活在過去的人，回想著過去已經失去的人事物，卻不知道這樣根本於事無補，因為一件事我也挽救不回來。

而且，我光是躊躇在無法挽回的過去，怎麼都沒有看看身邊當下的重要的人呢？像是愛你的人，你的家人呢？

誠如我最喜歡的日本作家村上春樹在他的著作《舞！舞！舞！》中的那句話所言，喜歡沉溺在過去的人應該醒來啦！眼睛應該放在一直轉動變化的世界。

「你要做一個不動聲色的大人了。不准情緒化，不准偷偷想念，不准回頭看。去過自己另外的生活。你要聽話，不是所有的魚都會生活在同一片海裡。」

第五章　遊戲人間，徹底放縱

在短短半年內接連失去了重要的親情、感情及工作後，撐起我世界中心的那個軸心已經斷裂破碎了，失去中間支撐的支柱，我的世界就此坍塌了。

我變得失志、沮喪且消沉，對於未來我感到絕望而黯淡。

此時的我給自己打開了一個可以乘隙而入的大缺口，任何東西都可以在此時對我趁虛而入。

果不其然就引來了一個損友，叫做阿彭，他長得高高帥帥的，從以前在台灣念五專時就是個玩咖。因為他身邊的同事及朋友也都愛玩，所以他想要把好友們也都改造成玩咖。

有天晚上他來到我家，以一派輕鬆的語氣，面帶邪笑的表情對我說：「我知道你失戀，心情一定很不好，我帶你去個好玩的地方。」

他頭不斷往上揚起，帶有勾引與邀約的意味，他說：「走啦！出去外面玩玩，那裡可是男人的天堂，我保證你一定會玩得很開心，很 Happy 的。」

任何人，不管是男女生，尤其是年輕人，千萬要小心這類型的損友，損友只會害人不能真正幫助你。

如果你為了某事而傷心難過，這類損友找上門來，對你說要帶你們去開心的地方，那肯定是不良場所，那個場所肯定是三教九流、龍蛇混雜的地方。這些對你肯定是有百害而無一利。

這將把你拉往幽暗的人生歧路走，而這將掀開我人生黑暗篇章的序幕。

＊　＊　＊

原來阿彭口中的「男人的天堂」是回台後常聽人說過、但是我從未去過的「酒店」。之前的我都在澳洲讀書，回國後馬上就業，酒店什麼的我根本從未涉足過。

他帶我去的地方座落在繁華都市的燈紅酒綠的街道上，即使晚上了，仍然是熱鬧得很。走在路上時，阿彭像個嚮導一樣，說要讓我開開眼界。他指著街道上四處林立的店名招牌其實每間幾乎都是酒店，他興致高昂地說：「這裡妹子超多的，每間酒店都有至少幾十位、甚至上百位的妹妹隨便你挑。」

他拍拍我的肩膀笑著說：「所以我說這裡是男人的天堂，沒騙你吧！等一下好好的開心的玩啊！」

我們來到一棟大樓前，我看到門前右手邊有警衛，大門口站著兩個身穿西裝背心與西裝褲的年輕男子，阿彭告訴我他們是酒店少爺。不過我怯場、有點緊張，並沒有回話。

一個少爺帶我們兩人進去電梯裡，幫我們按樓層，嘴裡對著手上的無線電重複一句我完全聽不懂的業內術語。電梯門闔上時，少爺再伸出手向我們示意，並大聲喊道：「謝謝老闆！」

上來三樓後，一樣是穿著西裝背心與西裝褲的少爺有精神的喊著：「老闆，歡迎光臨。」而許多年輕妹子穿著一樣都露肩、低胸、短裙的制服在包廂門外排排站。

阿彭叼起一根菸，把它點燃，用爽朗的語氣對我說：「這裡是制服店，等一下妹子都會脫衣服露奶喔！」

接著，一位少爺把我們引領到包廂內。

阿彭繼續叼著菸抽，一邊翹著二郎腿，一副好像很熟門熟路的樣子。我沒辦法像他那樣 easy，我第一次來有點緊張跟怯場。

等沒多久，門口那位戴著耳麥的男人就帶來好幾個妹子，她們一個挨一個的走進包廂內，好像在趕鴨子似的。

接著第一排進來的小姐們一起轉過身來面向著坐在沙發上的我們倆，然後整齊畫一地向我們點頭致意齊聲喊：「老闆好！」

我一聽心想：「老闆好？我什麼時候當老闆了？這輩子還沒聽過有人叫我老闆呢！」

坐在我右側的阿彭挪動身體靠近過來，並搭著我的肩膀笑著說：「Gary，怎樣？有沒有哪一個妹子看上眼的？」他吐了一口菸說：「喜歡就點啊！不要不好意思呀！」

真的被他講中，一次面對那麼多女生，而且這是生平頭一遭遇到這種大場面，我真的很害羞，我轉頭對他說：「我……我不知道要挑哪一個？」

他拍了我大腿一下，接著哼一聲說道：「唉！太嫩了你，連女生站在你面前都不會挑，還算是個男人嗎？」他抬頭看向面前的這排女孩子說：「來！讓哥兒們幫你選。」

我只能答道：「嗯！好」。

他眼神從左到右掃視一番，然後停頓幾秒鐘好像在想的樣子，突然他喊道：「右二！右邊數過來第二個，那個高高留長頭髮的。」

看著向我迎面走來的長腳女子，我不禁鼻子倒吸一口氣，心想著：「怎麼給我挑這麼高的女生？是不會看看我的身高嗎？這下怎麼辦？」

阿彭對我咧嘴笑說：「兄弟，好好玩啊！妹子就交給你了。現在換我點檯了。」

長腳妹很快就來到我身邊，撥撥她的一頭長髮到耳後，然後坐在貼緊我身邊的位置，並順手拿起桌上的酒杯向我敬酒，她張開小嘴微笑說：「你好，我叫莞兒，先生怎麼稱呼？」

我趕快也拿起我前方桌上的酒杯回應她，不過眼睛卻不太敢直視她，身體也顯得有點僵硬的答道：「叫我……Gary 就好了！」

她把她手上的酒杯靠近我的杯子互撞了一下說：「我乾杯，Gary 哥你隨意喔！」說完便一口就把杯內的啤酒喝下去了。

她抬頭喝酒，我趁她沒有看著我時瞄一下她後心想：「這裡的妹子都這麼會喝嗎？可是我不太會喝，怎麼辦啊？」接著我便瞇眼也把酒全部都喝掉，再把杯子放回桌上。

這個叫莞兒的長髮高個子的酒店妹一直對我獻殷勤與我聊天，不過我總是不敢正眼對著她瞧，身體和動作也顯得很僵硬，回答她話時也支吾其詞的。

為什麼會表現這樣不自然呢？

實不相瞞啊！這完全是出自於艾倫的原因。因為以前和艾倫交往時，她經常針對我的外表做人身攻擊，這使得我在太漂亮，尤其是像眼前這位高個子又美的女生會很放不開。坦白說，也就是我對自己非常沒有信心。

就這樣，我和這位美麗的長髮妹有一搭沒一搭的聊天，時間差不多也就過了半個小時。我瞄一下旁邊的阿彭，他正和他的酒店妹玩得很開心。

終於我忍不住了，我便拉拉他的衣角想和他說悄悄話。他靠過來，我便小聲問：「好了沒？我們可以回去了嗎？」

他聽了後詫異的說：「什麼回去？我們才剛來欸。」

我答道：「可是我玩不習慣……而且她個子比我還高。」

他說：「妹子不喜歡啊！那好解決啊！可以換一個啊！」

我說：「可以嗎？可是我怕對她不好意思欸。不好吧！」

他說：「不用不好意思啦！你花錢欸，想換就換啊！要的話我就叫少爺了。」

不等我回答，阿彭就按下遙控上的服務鈴。

不多久，穿著制服的少爺就開門進來了，阿彭便對他說：「少爺，我們要換妹。

麻煩你。」

少爺答道：「好，老闆，稍等一下。」

莞兒向我點個頭，穿上薄紗外套，拿起小包包後對我說道：「Gary，那我先離開了。」說完後她就離開這間包廂。不知怎麼的，我感到有點悵然，又覺得不好意思。

過了幾分鐘後，剛剛那個戴著耳麥的男子就打開門說道：「老闆，小姐來了喔。」

接著又出現像剛剛的場景一樣，許多小姐排列進入包廂裡面，然後排成一排一起點頭齊聲說道：「老闆好！」

阿彭對我說：「這次你自己挑啊，我不幫你了。」

我抬頭看著眼前的小姐們，然後緩緩說道：「那……那就左邊數來第三個。」

戴著耳麥的男子看了一下妹子胸前的名牌後說道：「來！小咪，小咪請就座。」

看著這次向我迎面走來的妹子，我心想：「原來她叫做小咪啊！」

我盯著她瞧，看她差不多一百五十五公分左右的身高，這點倒是滿適合我的，因為我才一百六十七公分而已。小咪膚色偏向小麥色的健康黝黑，個子嬌小、臉蛋可愛，有著一雙大眼睛，瞳孔深邃，還有張櫻桃小嘴。

如果說我喜歡配合我身高的嬌小女生，她不僅顏值遠遠超過我那無緣的前女友，而且可以說是目前為止我看過最可愛的女孩。於是我在心裡告訴自己，這次絕對不能再害羞木訥了，我吐了一口氣，在心裡對自己說道：「放輕鬆點，放自然點，不要再讓自己丟臉了！」

小咪已經在我身旁坐好了，一樣先拿起酒杯向我敬酒並做自我介紹：「我叫做小咪，你呢？」

我也拿起酒杯就嘴說道：「我叫 Gary，妳叫做小咪，我剛剛已經聽到了，很可愛的名字……很適合妳，」要對初次見面的女生一次說這麼多話還真辛苦，我稍微停了半晌調整一下呼吸之後把最後一句話說完：「因為妳個子嬌小，長得很可愛，而且五官很精緻漂亮。」說完後，我吐了一口氣，心想終於把要說的話都說完了。

小咪眨眨她的大眼睛，小嘴向上彎了起來，露出甜美的笑容說道：「謝謝，你的嘴巴真甜。」

「我是說真的，不是嘴巴甜。」我力爭道。

小咪聽了之後就說：「你也長得很可愛啊！而且還有一張娃娃臉。而且看起來很斯文。」

我聽了之後不禁竊喜，心想：「真的嗎？我有這麼多優點嗎？我看起來好看嗎？怎麼艾倫以前說我胖的時候很胖，瘦下來也很醜。」想到艾倫以前對我外表的人身攻擊，我不免有些不舒服和生氣，不過我現在很開心，因為我想到：「哼！那是艾倫妳自己太自以為是，不懂得欣賞，只會批評。現在可是有比妳漂亮好看許多的女生稱讚我長得很可愛呢！」

我們就這樣打開話匣子把話聊開了，於是便繼續開心的聊下去。

小咪問我：「你是做什麼工作的？」

破冰化解尷尬後，我現在比較不會支吾其詞了，我答道：「我以前當過英文報紙的記者，也有當過編輯。」

小咪說道：「記者、編輯，哇！好厲害的感覺。而且還是英文的，你以前讀英文系的嗎？哪一間大學？」

我搖頭說：「不是，我以前在澳洲留學，在雪梨那裡。」

小咪睜大眼睛，好像有點詫異的說：「真的嗎？澳洲？那你英文一定很棒囉？」

我有點不好意思的說：「普普通通！還算可以啦！」

我看她臉蛋有點稚氣，便問起她的年紀：「對了，我看妳年紀好像蠻小的，妳幾歲呢？」

小咪答道：「我……我十八歲。」

我看她皮膚顏色比較深，便好奇地詢問她，小咪則告訴我她有原住民血統，我才恍然大悟她五官這麼標緻深邃的原因。她告訴我她是阿美族的，我心想這也難怪，因為阿美族出美女啊！

接著我們就繼續聊下去。突然間，有個少爺打開門說道：「插播秀舞喔！」

我還不懂得發生什麼事情，一看，眼前的兩個妹子開始寬衣解帶，我心想：

「WHAT? 她們要脫衣服要做什麼？」

而包廂內響起了充滿魅惑的性感熱歌，我眼前的小咪已經站在我雙腿間開始擺首弄姿，隨著性感舞曲，她跳著讓我感到血脈賁張的艷舞。

跟著熱歌節奏，她時而磨蹭我的雙腿，時而用手撫摸我的身體，時而臉頰貼著我的臉頰、在我耳邊吹起暖和的熱氣，時而又坐在我的雙腿上、隔著她的丁字褲與我的褲子不斷往前又往後的磨蹭我的陰莖；而我發現我下面已經鼓漲到快受不了了！

我的生理反應證明我已經快受不了了，性慾高漲到我非常想要她。隨著她跳艷舞與我身體的親密接觸，我也不再害羞了，我用手撫摸輕揉她渾圓飽滿的乳房，親吻她的乳房，與她嘴對嘴接吻。

就這樣享受感官刺激與肉體的親密接觸，她不僅沒有拒絕，而且還很熱情回應，我多麼希望時間就此停在此刻，永遠都不要結束。只是我不知道後頭還有更美好的甜蜜時光等著我。

後來魅惑的舞曲嘎然而止，妹子們也停下動作。小咪並沒有把衣服穿回去，就這樣只穿著一件性感的黑色蕾絲邊的丁字褲，我撇眼一瞧，她的陰部若隱若現的，好不撩人啊！

等到我們倆都坐好後，我感覺到深冬的寒意，心想著那現在只穿著一件細丁字褲的小咪不知道會不會冷，於是靠近她耳邊輕聲地對她說：「如果妳會冷的話，妳可以把衣服穿回去吧！我怕妳著涼。」

小咪眨眨眼、微微一笑說：「你好溫柔體貼，很少人像你這樣的。」然後她用雙手扶著我臉頰，在我嘴唇上親吻著。剛剛的性慾又再度被挑起，我的右手立刻包覆住她的乳房，左手則扶著她的臉，嘴湊上去和她激烈親吻起來。

小咪並沒有拒絕，反而積極回應我，扶著她臉頰的左手順著她的身體慢慢往下輕柔的撫摸，沒多久就摸到她的丁字褲了，我便順著丁字褲沿往下探索，濃密捲曲的陰毛令我感到意亂神迷，我再也難以自持，一股強烈的慾念在我心裡翻湧，我的手直接往她的私密處前進，她的氣息變得急促，我的手因興奮而微微顫抖。

我摸到了她私處的突起物，輕柔地用食指挑逗她的陰蒂，感覺她的淫水都流出而濕潤了她的陰毛；我心想她一定也很享受其中，那我更不能放過這場突如其來的豔福，於是我以兩隻手指往她陰戶裡面緩緩伸進去，再繼續往更深處進攻。

她貪婪的淫水濕潤了我的手指，我異常亢奮地想：「她那麼沉浸在其中，我今天一定要得到她！」

濕潤的手指在她的陰道裡面進攻，我把嘴移向她的耳邊，吹出一口口的熱氣，然後緩緩地對她說道：「我，我可以跟你做愛嗎？」

沉浸在享受中的小咪喘著氣答道：「可以，不過要去洗手間。」

說完我便牽著她的手往包廂的廁所走去。

一進入洗手間把門關上後，立刻就和外頭在包廂內的阿彭與他的妹子隔成兩個世界，我們倆彷彿進入了只屬於自己的天地，在這裡我們可以為所欲為。

我問她說要在哪裡做？

她答道：「我坐在馬桶蓋上，你……你就『進來』吧！」

我點頭，便把她帶到馬桶蓋上坐下來，我想了一下，決定採取半蹲姿，然後就把牛仔褲跟內褲退了下來，陰莖鼓漲得很大，看她陰戶也很濕，便直接直挺著陰莖往她私處插了進去。

那時我才二十六，小咪也才十八，我們倆都很年輕，因此激烈的魚水之歡讓我們頗為享受，就連腳酸也毫不在意，只沉浸在這抽插的肉體交歡。

大概戰了半小時左右，我止不住要「出來」的衝動，終於把全部的精液給射在她陰道深處，然後上半身癱軟在她身體上。

我在她身體上慢慢轉頭靠近她耳朵溫柔地說道：「喜歡嗎？」

她小唇微微笑著說：「很棒啊！妳體力和功夫都不錯呢！我怕你站著做會酸，可是你很努力的取悅我。」

我也笑著回答說：「我想我們倆都很享受，所以當然要盡力表現啊！」

小咪扶住我的臉頰對著我的唇親，我就趁機問她：「明天早上妳下班後，我們去汽車旅館再來一次，不、不，我們來好幾次，如何？」

親著我嘴唇的小咪對著我點頭答應我的邀約。

接著就拿衛生紙善後，準備離開廁所。

我們回到包廂，阿彭好像知道我們「做了什麼」，對著我露出邪惡笑容，然後就靠過來我身邊說道：「你們倆剛剛在打炮喔？要不然怎麼在廁所這麼久？」。

我喝酒濕潤一下口腔，然後對他說道：「對啦！就突然之間，我也不知道為什麼？」

阿彭眼睛睜大：「聽起來好像沒有花錢耶！厲害哦！出師了喔！第一次來酒店就免錢上到妹子。」

我害羞地答道：「是嗎？運氣好吧！」

阿彭拍我的肩膀說道：「所以我說失戀算什麼，天涯何處無芳草啊！如何？來這裡很棒吧！真的是男人的天堂吧！」

我點頭同意，然後順便告訴他說：「我等一下和小咪還有約，沒辦法開車載你回去了，我還要去這附近的汽車旅館等她下班。」

阿彭答道：「ＯＫ，沒事的，這個我自己處理，我搭計程車就好了。你自己好好玩啊！」

等到結束後，我和阿彭便離開這個包廂，而我早已經和小咪說好了，她今天會提早下班。我們離開的時間是凌晨兩點多，她說她五點下班，我再來載她。

接著我和阿彭在樓下分開，他坐了一輛計程車回家，我則在他的介紹下開車前往附近的汽車旅館。

＊ ＊ ＊

進來汽車旅館的房間後，我發現我最想要做的事情就是「歡呼吶喊」！不僅是為了第一次來酒店就免費上到妹子，我更想吶喊給艾倫聽跟看：「嘿！妳這個沒眼光的，來看看我啊！現在有個比妳漂亮可愛幾百倍的女生，一看到我馬上就投懷送抱。和妳交往時，妳的毒舌傷害了我，那是妳瞎了眼！」

我把這些話在空蕩蕩的房間大聲喊出來，感覺總算是揚眉吐氣了。以前被艾倫傷自尊心傷得很重，感覺我身為一個男人一點面子都沒有，今天總算是好好出一口氣了！

我臉上帶著笑容，獨自一人坐在沙發上好好抽菸，一直在想著今天對艾倫總算是出一口氣，吐了忍了快兩年的悶氣與怨氣。

隨後就跑去洗澡，讓精神體力恢復些，然後就靜待小咪下班的時刻了。

我四點多在樓下車庫抽菸，然後就開車前往她上班的酒店樓下門口等她。

五點初，她就出現在門口，我按下車窗叫她上車，然後再開車回到旅館。

進入旅館房間後，我擔心她上班一整晚會疲累，便問她是否要先去洗澡，還體貼的告訴她如果累的話，我可以幫她洗。

她聽了之後就馬上回答說好。

於是我牽著她的手往浴室走去，我們倆一起在淋浴間門外把衣服退下後便走進去。

由於是寒冬，我先握著蓮蓬頭把水溫調高。等到水溫夠熱後，我就開始幫她沖淋身體，時而問她會不會冷、水溫還可以嗎？她都答說很好。

接著就先手捧洗髮乳，輕柔地在她頭髮上搓揉。洗頭髮結束後，我就繼續沾取滿手的沐浴乳開始幫她洗身體。

隨著我的手在她身體上游移，她的身體沾滿了泡沫，我雙眼飽覽這一切，看到她的乳房和濃密陰毛及下面的私處在泡沫的包裹下若隱若現，我感覺比剛剛脫掉衣服還要性感誘人，當然我的身體很誠實，遮掩不了真實的生理反應，整個陰莖漲得直挺挺的。

我的嘴貼上她的嘴，舌頭往裡面探索，與她的舌頭交纏在一起。左手揉捏她的乳房與乳頭，右手則早已在她陰道裡面挖掘，這時我已經分不清楚是她的淫水，還是蓮蓬頭噴灑下來的水了。

因為我已經慾火焚身，淋浴的水澆不熄我的慾火，反而讓我更加興奮；於是便伸手摸到門邊的浴巾，然後把她整個身體包裹住，抱著她往床上輕輕一扔，再壓在她身上與她繼續激情纏綿。

辦完事後，我們倆一起在床上抽菸，這也是我第一次有兩個人一起抽事後菸的

（但是卻不會是最後一次）。

我們倆個一邊抽菸，一邊聊天，感覺累卻又感到愉悅與意猶未盡，我告訴她我

已經包住宿了，她可以盡情地好好休息，不用擔心。

小咪抽完菸後，把菸蒂拈熄，突然看著我的臉，我被看得有點害羞的說：「怎

麼了嗎？我臉上有什麼東西嗎？」

她搖頭說道：「不！沒有東西。」

然後她摸摸我剛剛因為和她纏綿而凌亂的頭髮說道：「你其實已經長得蠻可愛

的，也有一張娃娃臉，不過如果你要是去把頭髮做個造型會更好看呢！」

我也摸了一下自己的頭髮問她：「造型？要用什麼髮型啊？」

她說道：「你看，像我有燙波浪捲，你也可以去燙髮啊！」

我瞪大眼睛說道：「什麼？燙髮！」

小咪點頭稱是，她說道：「像現在很流行的玉米鬚燙，你就可以試看看啊！」我心想著：「玉米鬚燙？」然後對她點頭答應：「好啊！我會去試看看的。」

＊＊＊

和小咪那天的一夜纏綿帶給我極大的歡愉，當然也帶給我很大的自信感，我覺得我並沒有像艾倫所講的那麼差，還是會有女生會投懷送抱，因此我決定照著小咪說的，去燙髮。

我找到了一間位於鬧區的髮廊，而且那是一間年輕人常去的地方。

我進去後，被安排一個女設計師，我和她提到玉米鬚燙，她馬上就說這是現在最流行的髮型，他們這邊當然有。於是要我耐心等候兩個多小時的時間直到完成。

在她幫我燙髮時，我翻閱著隨身攜帶的小說以排遣時間。等到時間差不多時，她告訴我終於完成了，並要我看看結果滿意嗎？

我看著鏡子中的自己，突然覺得自己好像變了一個人似的，整個人造型和之前完全不一樣了。

說真的，我敢說自己也可以變得很好看，甚至可以說原來我也可以很帥呢！

而往後我在遊戲人間，與女孩子交往時，更是證明我絕非言過其實，也不是自信過度，而是所言甚是。

＊＊＊

為了要讓我嘗鮮，阿彭又告訴我還有另外一個可以釣妹子的方法，那就是網路交友。他說只要使用電腦上網進入聊天室，就會有機會可以約妹子外出見面。

我看他和我們的共同朋友阿偉倆人在網路聊天室上不斷找妹子聊天，可是我總覺得失敗率太高而不感興趣。

我看他們倆人每次進入聊天室都是換湯不換藥的說：「嗨，你好，幾歲呢？可以聊嗎？」

結果不是換來不回應，要不然就是可以聊天的話，最後在約外出時，還是得到了個相應不理。因此，這對於我沒什麼耐心的人來講，實在是興致缺缺。我只能無奈地等待他們倆的無疾而終。

不過有天晚上在自己的小公寓裡睡不著，我想到既然無聊，那就試看看他們倆的網路聊天。於是我打開電腦連接上網，照著路徑進入他們倆說的最多人的聊天室。

我一樣試著找聊天室裡的女孩子聊，不無二致的打招呼用語，結果如我所料一樣，得到的大多是不回應，我心想這魚還真難釣啊！

然而也才剛開始沒多久，馬上就收手也太容易放棄了吧！於是我只好繼續複製貼上同樣的台詞對著新女孩發，大多是新進入聊天室的人，因為會進入聊天室的人的目的就是為了聊天呀！

也有不少的女生會回應，但是也總是不了了之，真是遺憾。

我開始打哈欠，心想倒不如就把電腦闔上睡覺去。不過又總是覺得很想釣到一條美人魚，看看能不能為這夜晚畫上美麗的驚嘆號！

此時，有一個叫做 Cherry 的女孩進入聊天室，我趕快把握先機發出訊息。結果她果然馬上回應了。

她告訴我她二十三歲，而我告訴她我二十六歲，然後我們倆個好像就只與對方聊天而已，至少我是已經鎖定她了。

我問她住哪裡，她則說她住航空城的郊區，我一聽後感到驚喜，連忙告訴她我也住在航空城市中心，因為我父母把房子買在這裡。

她說道：「那我們倆個住得不算遠。」

我看了她打出的字透露出親近感，便想說趕緊把握住機會問她：「那我們何不趁著今晚一起外出，互相認識，交個朋友呢？」（我們都一直在私訊狀態。）

沒想到她不置可否，立刻就爽快的答應了，於是我們倆互相私訊彼此的電話號碼，她也告訴我她家地址，讓我可以去接她。

帶著興奮不已的心情，我車子飛快的就來到她的住處附近，並且看到她已經在外面等我了。

網友都是未見過面的，因此第一眼一定會先看她的外表。我發現她的個子略比小咪高些，大概接近一百六十公分左右吧！雙眼皮的眼睛很大而且貼了假睫毛又更添魅力，身材也凹凸有致。

本來我對於有點偏艷麗的會怕有點駕馭不了，沒想到在我讚她很漂亮、很有女人味後，她也在看過我之後對著我說道：「你也很可愛很斯文，而且有張娃娃臉。」

上車後，我跟她說道：「現在冬天這麼冷，不過我有個好主意，我們可以去北都知名的溫泉區泡湯，如何？那裡是我故鄉，我很熟。」

她答道：「好啊！那裡比這邊熱鬧，我們就去吧！我聽你的。」

最喜歡聽到這種答案了，那我就抱著我的不懷好意載她去了。車子立刻一路北上。

很快就來到目的地了，我們選了一間停車方便的溫泉旅館進去休憩，我在櫃檯付了三小時休憩的錢後就和 Cherry 上樓去了。

在搭電梯時，我直接牽她的手，她也沒有拒絕，反而更靠近我的身體，我心想會不會今晚就可以成功了也說不定。

牽著她的手進入房間內，我才鬆開手，當然來溫泉旅館的主要目的就是為了要泡湯，否則就白搭了。因此我就大膽地對她說道：「我們到溫泉旅館了，要不要一起泡？」

本來以為我會招來拒絕，沒想到她竟然爽快地答應：「可以啊！不然一個人泡也蠻無聊的。」

我聽了之後興奮不已，正想要歡呼，不過卻有但書，她說道：「但是你要把眼睛遮住才可以一起泡。」

我露出失望的表情，她還是說道：「欸，畢竟我們倆才第一次見面吧！你就聽話的拿毛巾遮住眼睛吧！」

於是我只好乖乖聽話拿了浴室毛巾，然後在她的幫忙下，把眼睛用毛巾遮住綁起來。不過我還是刻意開玩笑的語帶威脅說道：「等一下要是泡湯時毛巾掉了，妳可別怪我啊！」

等溫泉熱水都放好後，我們倆一起把衣服脫掉，然後她牽著我的手慢慢走向浴室裡，因為怕我看不見而跌倒，她倒是挺有「淑女風度」的。

我們一起緩緩進入浴缸裡，深感寒冬夜能泡在熱水中是一件非常舒服的事情，我禁不住喊道：「哇！好舒服喔！冬天泡湯真是太棒了！」

我也關心她問道：「Cherry，妳呢？舒服嗎？喜歡嗎？」

她也很有同感的說道：「嗯，冬天泡湯真的很舒服，謝謝你帶我來，因為我們那邊沒有溫泉可以泡。」

她在回答時，我就發現到果然我剛剛綁毛巾時，早就知道這麼厚的毛巾根本無法發揮作用，因為下方有明顯的縫隙可以看到不少的東西，包括她的身材和動作，像她和我說話時，我就能看到她轉頭的動作。

也不知道我這個人總是太誠實而不懂得說謊，我便把「看得見」的事情告訴Cherry，只是我沒想到這樣做竟然換來一個意想不到的結果！

她聽了之後就說道：「既然你什麼都可以看到，那就把毛巾拿起來吧！反正也沒有用了。」我又再度興奮起來，但是她又加了一個但書：「不過可以看，不准亂來喔！」

我心想著：「都已經發展成如此了，妳應該是在刻意保持女性的矜持吧！反正我先除掉這惱人的毛巾，後面的我就看著辦吧！」

拿掉毛巾後，重見光明的感覺非常好，不過更棒的是Cherry的一切都能一飽眼福，我沉默不語，定睛好好的看著她，我深深覺得：「年輕這件事真的是太棒了！男女之間的微妙關係太棒了，肉體真的是太棒了！」我在心中不停地喊著。

在情慾的驅動下，我把她剛剛說的話全部都拋在腦後，直接抱住她的身體，和她接吻，她非但沒有拒絕，反而更熱情的迎接我。

於是我們從浴室戰到床上，兩個二十幾歲的年輕男女互相享受著青春肉體交歡的極樂歡愉。不管以後如何，但是享受當下的美好時光與肉體交歡對我們彼此是最重要的。

以前的我總是認為男女關係應該是要長久的，但是我現在對於連連來的桃花運沉迷其中，我對於短期感情更加感興趣。

尤其是我又再次能跟那毒舌的艾倫證明自己，我連連獲得勝利，一出手便有女孩子投懷送抱，我甚至認為我當初太弱了，一直在她的人身攻擊下處於被動受害的局面，早知道我應該在交往中就多次出軌給她看，證明給她看，妳不欣賞，外面可是很多人會對我投懷送抱呢！

＊　＊　＊

對於頭兩次吃野味就旗開得勝，我的自信心可說是大增，我覺得既然已經玩開了，那何不就此開始遊戲人間呢？

一來，我可以向那個損害我自尊心的那個前女友證明：「哼！如何？妳再損我啊！我出去玩可說是相當吃香呢！第一次見面就投懷送抱的女生可多得很呢！」二來，我年輕的肉體可以和同樣年輕的女子享受肉體交歡的歡愉，對我來說是男人天性的天經地義之事啊！沒有什麼理由要停止這一切。

於是我就此放手去玩，什麼工作上班的事情完全拋諸腦後了。因此只要阿彭和阿偉邀我去酒店玩，或是夜店、ＰＵＢ之類的地方，我全部都來者不拒，我變得很好約，只要可以玩、只要有妹子的地方我都會去。

當然也沒有那麼無往不利！也是常常有失敗的時候，不過只要有機會可以「免費」上到妹，那我絕對不會手下留情，我會一個個都把她們列入我的「獵艷戰績」中。

我雖然並不喜歡也從未愛過艾倫，但是她傷害過我的自尊心，以人身攻擊我的外表為樂，我要用獵艷戰績中的女子數字的累積來向她證明：「是妳錯了，非常嚴重的錯誤。我現在瘦了、我會搭衣服、我頭髮有酷炫的髮型、我的臉蛋也挺受歡迎的；妳的批評是妳沒眼光，外面可是還有大把的女孩子喜歡我。」

我知道早已經分開了，她根本就看不到任何事情，但是我就是執著的要用獵艷戰績中的女子數目來證明她實在是錯得離譜。因為二十幾個女子說我好看，只有妳一個說我難看，那就是妳的大錯特錯了。

不可諱言的，夜生活的女孩子比較容易上手，其中又以酒店和檳榔西施這類女子更加容易，幾乎只要搭訕後約外出，大概都可以在前面一兩次就馬上得手，大多數女子當天就可以得手，不管場地是在酒店裡、在車上、在旅館，或是在我的小公寓裡。

除了與夜生活的女孩子享受肉體之歡，年輕氣盛的我連白天的女孩子也沒有放過，當時的我好像又從獵艷女孩子中找到了生活的重心，把所有正當的事情都擺在一邊。

那時候的我好像不太需要睡眠，白天晚上都可以保持不錯的精神，只在累的時候睡一場久久的大覺，但是醒著時就是在找獵艷的目標。

如果要從我的病理學來看的話，我那時應該是屬於「躁期」時候的表現，情緒不安定且時而激動，不太需要睡眠，隨時保持興奮與亢奮的心情等等都非常符合症狀。而之前遭受失去親情、工作和愛情而陷入低潮感覺到沮喪而絕望，則是屬於「鬱期」時候的症狀表現。

我後來在結婚後開始正式且規矩地接受治療，我也從閱讀的書籍中涉獵了許多有關於我的病症的相關知識，了解原來這個病的原因之一就是因為**多巴胺分泌過多**的因素造成的。而我又從一本有關多巴胺的書中知道了它與性活動方面有很大的關係與關聯存在。

多巴胺原是在一九五七年由倫敦附近倫威爾醫院（Runwell Hospital）實驗室的研究員凱薩琳・蒙塔谷（Kathleen Montagu）在大腦中發現的。

雖然腦中只有〇・〇〇〇五％（兩百萬分之一）的細胞會生產多巴胺，但這些細胞似乎能明顯影響我們的行為。只要這些細胞開始分泌多巴胺，人就會感到愉悅。於是有些科學家把多巴胺稱為「快樂分子」。

丹尼爾・利伯曼（Daniel Z. Lieberman MD）在他的書中《欲望分子多巴胺》（The Molecule Of More）提到，我們的欲望來自大腦深處的一個區域：「腹側背蓋區」（ventral tegmental area），它是分泌多巴胺的兩個主要區域之一。它有一條長長的尾巴，穿過一段距離，來到前方的依核（nucleus accumbens）。這些細胞一旦活化，就會釋放多巴胺到依核，讓我們覺得動力滿滿。作者說可以把它稱作為「多巴胺欲望迴路」。

這也不難想見當時我會逐性愛而追、逐女人而歡的歲月會這麼活力充沛，原來是受到了多巴胺的驅使之故。

＊＊＊

受多巴胺分泌過多之故，再加上應接不暇的桃花運，讓我那時候活力異常旺盛，身體雷達總是朝女人掃描，只要有上床的機會我肯定不會錯過。

這樣使得我不管好桃花，還是爛桃花，我不僅來者不拒，而且根本無法分辨每次的桃花是好是壞，因為我把遇到的女孩子都只當成可以上床的對象，這樣的態度讓我錯過一次次的好機緣，直到婚前都還未能更改。

除了夜生活的多采多姿之外，我的白天也很精彩，這可多虧了多巴胺讓我有充沛的活力。

有天，我上網在逛部落格時，看到之前在政黨擔任黨工時曾經一起共事的女同事，由於當時還有艾倫在，所以我沒有任何想法（早知道就直接出軌了）。不過我現在可是不同了，因此是否要出手就在我一念之間。

那個女孩叫做芭里，她個子嬌小，臉蛋小巧可愛，而且她在部落格上穿的夏天的連身裙看起來很消暑。我想我看上她了，恰巧以前共事時有互留 MSN 帳號，那我應該可以近水樓台先得月。因此我就選了當天晚上晚餐過後的時間敲敲她。

我守株待兔的等她上線，果然那時許多人都有下班回家後上線的習慣。我和她套交情，問她是否記得以前曾經在政黨共事過的我，她馬上就驚喜的回答她當然還記得我，因為之前她都拜託我發新聞稿。我也感到距離感拉近了許多，覺得滿意。

只是更讓我也驚喜的是在閒聊之中，她居然告訴我她也跟我住北都的同一區，我高興不已，心想著這距離感可拉得夠近了吧！於是我便直接開口問她要不要出來見面敘舊，而她也立刻就答應了。

其實當時的我周旋在許多的女孩子之中，我應該樹立起一個正確的態度、一個明顯的分界線，那就是白天的女孩歸白天的，夜生活的女孩就純粹是逢場作戲就好，這樣或許我會在白天的女孩之中覓得良緣吧！

只可惜我那時就是想徹底藉由改變的外貌要好好壞一下，樂於當個把女孩子用完即拋的渣男，甚至還以獵艷戰績中女生的累積數量為榮，我想不僅可以在同儕面前炫耀，還可以證明給那個看不到的前女友艾倫。

由於當時我是這麼想的，現在看來真是悔不當初啊！有良緣卻不好好的把握，竟然把白天的女孩與從事八大的女子一視同仁為「上床的對象」。

因此雖然芭里是白天的女孩，從事的是正當工作，在我眼中她還是一樣只是一個上床的對象罷了。

我約她出來喝咖啡敘舊，聊天聊得甚歡，勾起我們倆之前共事時的回憶。

芭里對我說道：「Gary，才短短一年多，你改變了許多呢！」

我問她：「哪裡改變了？妳說看看。」

芭里說道：「你的裡裡外外都改變了呀！我是女生，感覺比較纖細，可以感覺到。」

我再問道：「譬如呢？」

她說道：「雖然你以前就很可愛了，可是你現在的髮型，還有本來就白皙的皮膚，再加上你現在很會穿衣服，感覺你變得很帥。」

她笑了笑說：「這是你外在的改變。」

我繼續問她：「那妳指的內在的改變呢？」

她說道：「你變得很活潑外向，而且很健談，給人感覺像是變了一個人似的。」然後她散發出她敏銳的感覺說道：「我感覺到你發生了什麼事情，是嗎？我的第六感很準的。」

日後我感覺像是這樣的女孩就是能夠用心去感受他人的好女孩，如果我當初沒有這種把每個女孩視為上床的對象，不會這樣一再錯過良緣，真不知道我的人生會走往哪個方向？

芭里問我的問題讓我沉默了一下，我想還是不要把之前陷入低谷的事情講出來，於是便替換成笑容答道：「沒有啊！沒發生什麼事啊！哈哈哈！只不過長大了，愛漂亮了嘛！」

芭里噗哧笑了出來，她說道：「你都快二十七了，還在長大嗎？太好笑了。」

無意間引起的笑聲把我們拉得更近，而我早已在計畫我的下一步，那就是我特地選在週末約她就是希望會面不要被中斷，反而會有更充裕時間可以進一步發展。

咖啡也早就喝完了，話題也聊得差不多了，我便在此時試問她晚上是否沒事，她回答是的，於是我就告訴她在航空城我有一間小公寓，看她是否有興趣參觀一下。我還開玩笑說，反正車子是我在開的，累的人是我。結果她果然滿口答應。

路程中有些塞車，畢竟是週末，不過我們終究還是到了我的小公寓。

一進入我的小公寓，我開始跟她做介紹，她也開始參觀，她說廚房小巧而精緻，不過她尤其喜歡的是那間書房，雖然小，但是卻放滿了我的許多種類的書籍，還說改天要跟我借書看。

我則有點不好意思的說：「這都拜我喜歡逛各大書店及二手書店所賜，因為我唯一的嗜好跟興趣就是閱讀了。」

她說閱讀很好啊！喜歡閱讀的人是很求上進的人，而且喜歡閱讀的人一定不會變壞。

我們開始在我的書房裡挖寶，一有發現就互相討論。不知怎麼的，我們就來到我收集外語片DVD的小櫃子，然後她拿起《革命前夕的摩托車日記》（Diarios de motocicleta）說道她看過這部電影，很好看。

我則告訴她我是跟之前報社的女同事一起去看的，因為這部片引發了我對革命英雄切．格瓦拉（Ernesto "Che" Guevara）的濃厚興趣，對這位革命英雄做了一些閱讀與研究。

她聽了之後就笑著說：「你一有興趣就會閱讀與做研究嗎？」

我則回答說：「雖然我很喜歡買書，對一個小房子來說，這些書的確太多了，不過我會抓緊所有空檔時間拿來閱讀，畢竟書買來就是要看的嘛！」

接著我突然靈機一動，我想到我們倆人都喜歡的男主角蓋爾．賈西亞．貝納（Gael García Bernal），他是知名演員，還演過許多其他電影片。我心想著：「那部演繹兩個年輕的十七歲男子和大他們倆好幾歲的美麗成熟女性一起旅遊，且著墨在這二男一女性事方面的《你他媽的也是》（Y tu mamá también），說不定可以當作我對芭里的敲門磚。」

於是我拿起這部《你他媽的也是》的ＤＶＤ，跟她講了故事內容大概，而且告訴她我們倆共同喜歡的演員蓋爾．賈西亞．貝納也有主演，非常值得一看。

芭里不置可否的點頭同意，並說她很有興趣要看這部電影。

我們倆一起坐在客廳的沙發上看，這是張摸起來舒服且滑順的布料沙發，坐跟躺著都很舒適。

隨著電影劇情進展到兩個十七歲青少年和美麗成熟的女性一起旅遊，男女都是青春的肉體，自然很難避免這會是趟單純的旅行。

這樣的火熱劇情發展也延燒到我們兩個身上來，在演到有激烈床戲時，我很自然地和芭里擁抱著，嘴對嘴互相擁吻，身體緊密地貼著，一陣溫柔的愛撫下，我慢慢地退去她身上的衣服，沒有意外的，我們倆在重逢後第一次見面就發生了關係。這一切順著我的意，照著我的劇本發展。

與此同時，在還沒跟芭里斷聯絡時，我又勾搭起另外一個重逢的對象。那是一個我國中時期的公開暗戀對象，在成年後的一次同學會我們倆終於又久別重逢，她叫做小雯。

當時在老同學的聯絡下，大家決定開了一場久別的同學會，參加的人數有十幾位，而小雯和我正是其中之二。

雖然國中時期是純純的戀愛，可是或許因為情誼還在，我們倆在同學會的聚餐上很自然地貼近，一直都在交談聊天，除了彼此的近況外，好像有許多的話聊不完的樣子。

聚餐接近尾聲，不過我們倆都感覺意猶未盡，覺得還聊不夠，我提議結束後我們倆可以一起去別的地方好好聊聊，這樣我們倆的重逢就不會被停止，小雯也點頭答應。

她上車子後，我提議今天是週末，而且現在才剛下午兩點而已，我們倆或許可以去蘭陽，至少那邊比北都有更多好山好水，她覺得我的提議不錯便答應了。

在路途中，我們繼續聊天，她問到我在澳洲的生活，我也沒有加油添醋，只是平實的聊到我大部分都是在讀書，是非常用力的那種用功讀書，閒暇時間則會拿來與朋友一起出遊，到一些澳洲有名景點四處走走。

我們把剛剛在聚餐短時間之內無法完成的對話，都一併在此時的獨處時間聊了出來，即使車程不算短，但是久別重逢還是讓我們聊得津津有味。

很快的，我們就到了蘭陽，不過我們倆還是一樣繼續聊下去，這時我想到或許可以說服她跟我一起留宿在這裡一晚，她和我互動熱絡，我相信應該會和往常一樣順利，不會遭到拒絕的。

於是我平靜的對她說道：「小雯，短短的半天實在不夠我們倆個再續前緣，倒不如我們倆今晚就留宿在這裡吧？妳覺得如何呢？」

她沉默了幾秒時間，好像在思考什麼的樣子，然後她說：「我是願意與你在這裡過夜，不過……不過有件事我必須和你說清楚，那就是我現在還是喜歡你，而且可以說短短的相處就把以前的情誼找回來了，我甚至可以說比較喜歡你，只是……只是我有男朋友了。」

我心想著：「那不是和芭里一樣的情況嗎？她也有男朋友，不過我還不是得手了，只是小雯是比較謹慎保守的類型的女生，我最好還是不要表現得太輕浮才是。」

於是我轉頭看她並對她微笑著說道：「沒關係，我們倆是老朋友了，我們就聊天就好了。畢竟現在開車回去可能會有點晚了。」

我不知道她是否有聽懂我另有弦外之音，不過她倒是立刻就點頭答應了。於是我就把車子開往旅館。

車子停在樓下車庫，我們倆一起上去樓上房間。一進入房間後，我們自然而然的變得親密，是舊情誼與新重逢拉近了彼此的距離。

我在聊天時，一邊溫柔體貼的餵她吃剛剛買的速食店薯條，然後一邊繼續與小雯話家常。

當我問她的工作是什麼，她回答說是「芳香治療師」，我說我不太懂那是什麼樣的工作？

她答道：「就是用精油散發出芳香幫人按摩的一種療法啊！」

我答道：「我還是不太清楚，妳可以示範一下嗎？」

她說道：「好啊！當然可以示範啊！我可以幫你按摩，只可惜這裡沒有精油。不過還是一樣可以按摩。」

從來沒有按摩過的我問道：「那我要怎麼做？」

她說道：「首先你要先躺平在床上。」

於是我便乖乖的照著做，整個人躺平在床上，小雯便用她纖細的手指頭在我身上開始按摩起來。

按了差不多幾分鐘後，她說道：「其實這樣不太好按摩，你應該除掉上衣，才能真正的發揮作用。」

我一聽感到驚喜，沒想到這麼快就能親密接觸，馬上就把上衣除了，然後就說道：「我把上衣脫掉了，這樣應該可以好好的按摩了吧！」

她說道：「可以了，你乖乖的躺好，我來好好的幫你按摩，因為剛剛隔著衣服，我就已經感覺到你的身體肌肉很緊繃，需要好好的按摩舒緩一下。」

我聽話的答道：「好的，那就麻煩妳了。」

我感受到她幫我按摩的手部動作好輕柔，而且她的手與我的身體接觸到的感覺好溫柔好舒服，漸漸地，我的身體產生了生理反應，下面鼓漲了起來，我覺得我好想要她！

於是我從原本趴著的身體緩緩轉過身來，和她四目相對，她感到有點訝異，眼睛睜大了。不過我給她的回覆是立刻把嘴貼上她的嘴，和她接吻了起來。

她並未拒絕，只是全心全意的接受我激情熱烈的吻，我感受到她接納我的身體語言，於是更加強烈的進攻；沒多久，躺在床上的人變成她，而我則在她身體上面盡情地享受這久別重逢的肉體交歡。

我們倆在做愛時非常的緊密結合，小雯很配合也很聽話，一點都沒有初次發生關係的尷尬，也沒有許久不見的害羞；相反地，我進入她的身體時，她跟我說了一句話讓我感到十分感動的話，她說道：「我把身體給了你，很早就想把身體給你，今天總算是如願以償了。」

我還在她的身體裡面，聽了之後很感動的對她說道：「小雯，謝謝妳，我也是有一樣的感覺，覺得總算是了了一樁懸掛心中多年的心願。」

說完話後，我貼近她的唇，給她一個深情的吻，然後對她說道：「此刻的我感到非常的幸福。」

小雯害羞的閉起眼睛說道：「我也是，我也感到很幸福。」然後她更加熱情的回覆我在她身體裡面的索取。

我們的魚水之歡，便在這樣生理和心理都深深體會到把原本純純的愛化成行動會是多麼令人難忘的經驗中，不知道交合了幾次後才結束。

在與芭里和小雯交往的同時間，我有天和阿彭外出時又邂逅了一個女孩，她是我至今仍然惦記著的女孩。或許你們會對她曾經當過檳榔西施感到意外，但是職業不分貴賤，我會惦記著她代表她的人格特質深深吸引著我，因為在當時，她是與我最合拍的女孩。

這個女孩叫做小菁，她長得很可愛，眼睛跟嘴巴常常呈現出笑瞇瞇的樣子，皮膚又非常白皙，完全是我喜歡的類型，我第一眼就看上她。

就在我和阿彭外出的回程路上，我的眼睛看到前方一間檳榔攤的女孩蠻可愛的，我便自告奮勇的跟阿彭說我要搭訕她，一定要得到她。

於是我們靠近她的店後，先用手勢把她叫出來，她跑了過來，我直接跟她開口說道：「小姐，麻煩請給我一包七星中淡。」

她應好，便轉身過去拿東西。我則跟阿彭說道：「如何？很不錯吧！皮膚白白的、臉蛋又蠻可愛的。」

他答道：「很好啊！蠻可愛的。你喜歡就跟她搭訕呀！看你能不能成功？」

我有自信的回答說：「一定會成功的，等一下就看我的！」

我們講完話後，她已經拿著一包七星中淡跑過來我的車子旁邊了。我順手拿了菸，並把錢交給她，而她也伸出手來準備要收下。

突然她的手觸碰到我的手時，我一把就抓住她的手不放，然後笑容燦爛的對她說道：「妳叫什麼名字？我是Gary。」

她的手沒有要掙脫的意思，就乾脆讓我緊握住她的手，而且還給我一個很甜美的笑容：「我叫做小菁，你好，Gary。」

我看她的反應，便直接開門見山的直說：「小菁，妳長得好可愛喔！如果就這樣錯過妳的話，我會後悔一輩子的，妳願意跟我交往、做我的女朋友嗎？」

她回答我說：「你嘴巴好甜喔！我……我願意啊！」

見出師告捷，我繼續直追獵物不放：「那妳可以給我妳的手機號碼嗎？」然後我拿起我的手機交到她的手上：「妳就把妳的手機號碼輸入我的手機裡，要記得儲存喔！」

她說了一聲好的之後，就低頭開始把她的號碼輸入到我的手機裡面。

等我拿回手機後，我便問她說：「妳是大夜班的，差不多幾點下班啊？」

她回答說：「五點半你就可以打電話給我了，我準備一下就能跟你出去了。」

我高興地笑著說：「好喔！那我就準時打電話給妳，載妳去好玩的地方。」

她有點傻傻的可愛氣質，她也跟著我笑著說：「真的嗎？我好期待喔！」

接著我們便離開，我準備靜待她的下班，到時一定有我所期待的事情會發生。

回家後，我在手機設定了鬧鐘，便放心的補眠了。

不知道睡了才幾個小時，鬧鐘響鈴就開始大作，我並沒有貪睡，相反地，我一起來就很興奮，因為小菁正等著我，而我們倆將有好事會發生。

我查電話簿中她的名字，直接打電話給她，響沒多久，她就接起電話，我問她說：「妳下班了嗎？」

沒想到她說：「我已經準備好了，你可以來接我了。」

我笑著說：「妳還真快啊！比我還急呢！」

她在電話那頭回答說：「那是因為跟你啊！」

我聽了很高興，便告訴她說：「好好好，妳不要出來，現在還是黑夜，我怕妳危險，妳就乖乖的在店裡等我，我現在馬上就開車去接妳。」

她也禮尚往來的說道：「你也要小心安全，不要開太快啊！」我回答說好的，我不會開快車的。

沒多久，我就開車到了她的店，她雙手把手機緊握著並嘟嘴的樣子，我看到了覺得她真的很可愛，也趕快揮手叫她趕快上車。

上車後，我告訴她我要帶她去一間不錯的汽車旅館並問她：「可以嗎？還是妳有什麼想去的地方呢？」

她回答道：「沒有啊！全部都聽你的。」

我聽了之後很高興，趕緊開車前往那間汽車旅館。

我心想著應該又會成功了，其實和女生的職業根本沒有任何關係，男女之間會發生關係，其實第一眼的感覺就可以得到答案了。只要看對了眼，其實不用再任何假裝，劇本大都會照著演下去。

把車子停在樓下車庫後，我們便牽手一起進去房間。雖然我知道劇本一定會照著演下去，不過也不應該那麼急，因為我想先聊天了解一下彼此。

她看了看房間，忽然間發出陣陣的驚訝聲，她喊道：「哇！好大的床，看起來一定很舒服。」

接著又轉頭看到按摩浴缸，她又驚訝的喊道：「還有按摩浴缸欸，等一下我一定要好好泡澡。」

待她看完整個房間後，她對著我說道：「我可以先去按摩浴缸泡澡嗎？」

我答道：「當然可以，妳想幹嘛都可以！」

由於她看到房間時的連連驚訝聲引起了我的注意，我便決定好好的問她：「小菁，妳怎麼會對房間裡的床和按摩浴缸覺得那麼驚訝啊？感覺妳好像是第一次看到，要不然就是很少看過？」

小菁一邊在放水，一邊緩緩的脫下衣服，她說道：「因為我是蘭陽上來北都的人啊！我在這裡的房子是用租的，很小很不方便，而且還是跟人家一起合租的。」

我這時才多些了解了她的故事，於是我說道：「原來妳是北漂族，那妳生活一定很辛苦，我能體會，因為我之前當記者時就有很多同事也是北漂的年輕人，」我摸摸她的頭髮，她已經把全部衣物都脫掉了，我對她說道：「沒關係，今天妳就在這裡好好享受也好好休息，我要慰勞妳的辛苦。不用客氣，也不用在意時間。」

小菁聽了之後很高興的說道：「太好了，謝謝你喔！對我這麼好。那你也過來一起泡澡啊！」

我答道：「那我就乖乖聽話陪妳泡澡喔！」

我並沒有急著想要她，相反地，我想要多聽聽她的故事，於是我像是記者在採訪一樣的問她問題，她也都老實的告訴我。

我們倆一邊泡澡，一邊聊天，我慢慢了解她的故事。她告訴我她和她爸媽的關係不太好，算是被她媽媽趕出來的，而她北漂後就開始四處打工賺錢維生，生活過得很辛苦。而她因為涉世未深，曾經在之前工作時被利用來當人頭，所以她的薪水都只能領現金的，這使得她工作管道更加窄，也更難維生。這些話讓我恍然大悟，她為什麼剛剛進來房間會驚訝不已，原來這些我認為是再普通不過的東西，對她來說卻是不可求的奢侈。

這讓我生出一股憐憫之心，一種想要照顧她的念頭在我心中升起。因為我雖然有精神疾病（當時還不知道，只被家人定義為脾氣大），可是我自始至終都是一個非常關懷弱勢的人，這點從我救援流浪貓、收編並照顧流浪貓的事情可以看得出來。

我們倆當天晚上就在房間裡溫柔纏綿了好幾回，她的配合度很高，可以說是對我相當聽話順從，不管我在她身體上索求什麼，她完全都百分百的配合我。這點也讓我動了真情，我們倆不管日後轉移陣地到我的小公寓、汽車旅館，甚至後來為了省錢住到一天只要八百元的便宜旅社，她也沒有多說什麼，反而是我自己覺得這樣虧待了她。

而且雖然她說過她的生活困難，可是卻從來沒有開口向我要過分毫，我說去哪裡，她就去哪裡，她完全的以我為主，更讓我們倆感情迅速加溫，我們一拍即合，馬上就成為一對親密的情侶，並以老公老婆互相稱呼對方。我也慢慢地把焦點全部都放在小菁身上，而忽略了其他女生。

會讓我如此動真情的，在當時只有她一人，我甚至曾經開口跟她說：「我們結婚吧！我照顧你一輩子。」

結果卻換來她噗哧一笑，她說道：「你是澳洲留學生，還讀到碩士畢業，你應該去找跟你門當戶對的女生啊！」

而且我會對她特別動情的原因是因為在交往期間陸續發生了一些事情，讓我知道她對我是如此的用心，以至於我一直都還惦記著她。

首先在交往時，我曾經要去拜訪她家，也就是她的租屋處時，她試著保護我，她告訴我她的室友是一對男女朋友，不過他們不太好惹，那個地方「很辣」，如果我靠近的話怕我會沾惹到危險。

如果認為她是說謊瞞著我什麼，那倒也不必要，因為她有男朋友的事情，我早就知道了，還在她的手機上看過照片，所以沒有必要說謊。反倒是她說過她自己一人住在那邊常常會被那對男女欺負，害得她回去時也很痛苦，這反而造成最後我幫忙她搬家，找到一個雖然一樣很小且破舊的住處，但是至少不必要再忍受那對男女的氣。

此外，當時我還不知道自己是什麼原因會有暴怒、暴走和脫序行為，到處求神問卜也問不出個所以然，只能暫時解釋是因為自己脾氣大。老實說，當時遊戲人間只想要有短期關係時，除了嘗鮮的快感之外，最主要我有對艾蜜莉動手的黑歷史，我就深怕自己要是拖延的話，要是又引發我暴走，那可就丟人現眼了，於是我寧願得手了趕快斷捨離，以免發生什麼難堪的事情。

而當時最能忍受我脾氣也最能夠逆來順受的女生就是小菁了。雖然我很疼惜她，她也對我百依百順，與她交往期間從未暴走過，不過難免的會發點小脾氣，而當我對她碎碎念時，她就乖乖低頭聽我念，然後再跟我道歉認錯，對於當時強勢如我也完全兇不下去了。因此，我當時常常在想，能夠忍受我脾氣的人大概只有她一個了。

第六章　過度用功，把自己逼瘋!?

根據 DSM-V《精神疾病診斷與統計手冊》（Diagnostic and Statistical Manual of Mental Disorders），它對於躁症的定義為：

有一段或是許多次清楚的期間，有明顯的情緒高亢、自大狂妄或易怒。而此高亢或易怒的情緒必須在發病的過程中十分明顯，並持續較長時間，儘管可能交替出現或是混合憂鬱情緒。

而我當時的表現的確符合此定義的描寫，不僅情緒高亢，且自大狂妄並呈現著易怒的波動情緒。

根據 DSM-V，在此期間，至少出現下列症狀中的三項（若主要表現為易怒，則需四項），顯著改變個人的行為，且與平時不同：

1. 自尊膨脹或誇大（如覺得自己有特殊能力、地位）

2. 睡眠需求減少（如只睡幾個小時仍精力充沛）

3. 語多或話說不停（言語奔逸）

4. 思緒飛躍或有壓力感使其需持續說話（觀念飄忽）

5. 注意力不集中，容易被無關刺激吸引（分心）

6. 活動增加或精神運動性激動（如社交、工作、性行為變多）

7. 參與可能導致痛苦後果的活動（如亂花錢、性衝動、投機行為）

DSM-V 所提到躁症的許多症狀，它提及在發病的多數時間，持續至少三種症狀，並且表現出一定的嚴重程度，而我幾乎全部都中。這包括了**增加活動量**（無論是社交上、工作上，或是關於性方面的活動），其他還有**自尊膨脹**、**睡眠的需求減少**等等。

在手冊中提到最重要的症狀是：過度從事極可能造成痛苦後果的活動而不自知，例如無法**停止購物**、**輕率的性行為**、**魯莽駕駛**等。

當時我晝伏夜出、日夜顛倒，完全縱情縱慾從事輕率的性行為。雖然肉體和感官的刺激感受讓我頗感愉悅，不過我不是沒有注意到，這種情況不能再繼續下去了，我應該還有更重要的正事要去做才是。

果然我姑姑說話了，她在我爸媽面前說道：「Gary，雖然你的爸媽都沒有說什麼，但是你自己不覺得你這一年多來完全是在浪費時間嗎？」

我低頭不語，姑姑繼續說道：「你不覺得你應該有更重要的事情要做嗎？這一年多來，你會不會太過放縱自己了？」

她這麼說，我點頭承認自己的錯誤，我這一年多來的確是太過放縱、太過虛耗時光了。

見我示意，姑姑放緩語氣說道：「那你決定怎麼做？」

我說道：「我知道我應該去找工作上班的，不應該這樣虛晃度日，不過……」

我吞了一口水後說道：「不過我覺得我現在的狀況不適合立即工作上班，因為之前實在是太放縱自己了。」

姑姑點頭同意，她問我：「那你有什麼計畫，或是有什麼好主意？」

我答道：「其實這個主意早就在我心裡，現在正好可以把它說出來。」

爸媽和姑姑都靜待著我的回答，我說道：「我想為了洗刷我這段時間的放縱行為，我應該再去澳洲留學，只有讀書才能真正藉著知識洗滌乾淨我的身心靈。」

我強調：「藉著大量閱讀與密集的上課講習，這些文字會猶如水量充沛的蓮蓬頭，將我從頭到腳都洗滌乾淨。」

語畢，我看到他們三人都表現出贊成與認同的表情，媽媽開口說道：「Gary，你是我們兒子，你做的任何決定，只要是好的，我們一定會同意的。」

沒想到，爸媽這麼疼愛我這個兒子，不做二想，馬上就答應了我，我感動到留下眼淚，這滴眼淚除了是對父母的感激，更多是內疚與罪惡感。

之後，我停止了所有的外部活動，只有和小菁聯絡之外，這麼做是為了開始為再次赴澳留學做準備。我滿懷期待的，從申請哪些大學及哪種科目都考慮，為了做好充分的準備，我開始鎖定在電腦前面收集資料及閱讀它們，然後經過腦子的思考決策過程後，我就找媽媽隔天去找留學公司做申請。

為了能申請到好大學，我拿著我優異的大學及碩士成績單做申請，期待能有好佳音。好還要更好，應該不是我自己一個人會有的自我要求吧，我想許多人都是如此。

而當回音傳來，我瞥見到著名的UNSW的Offer Letter之時，我感到驚喜萬分！

我心想：「這不是雪梨的知名學府、新南威爾斯大學嗎？哇！是許多學生巴望著要進去就讀的新南威爾斯大學耶！」

我手持著信件顫抖著，心想：「果然我之前優異的成績單真給力，一舉就中了UNSW。只要我進入這間大學讀市場行銷學，將會對我未來職場上大大加分。」看著這張信件，我的自信感與希望又再次被充滿了，這些東西在這段時間我以為早已蕩然無存。

於是我其他學校的信件，不管已開封或未開封的都不看了，除了不想三心二意，做決定快也是我一向的行事風格。

我拿著這封UNSW的許可信，仔細閱讀信件的內容，就這短短的幾句話，我看了好幾遍還意猶未盡呢！最後我才把它遞給顧問公司的小姐，告訴她我要選擇這間學校及科系。

肯定了答案後，我和爸媽都覺得放心，我便安心的等待開學前夕的到來。

要出發前那天，我和爸媽一起來到他們買給我的小公寓，因為它就位在航空城，距離機場非常的近，我們可以在這邊過夜休息，隔天再前往機場搭機。

除了爸媽陪我之外，我的兩隻愛貓也一起帶過來，因為我深愛著牠們，我要和牠們相處到最後時刻。

兩隻愛貓陪著我窩在冬天溫暖的棉被裡，讓我感受到暖和。爸媽則在隔壁房間裡睡覺。

一夜很快的就過了，隔天要出發前往機場之前，我和牠們離情依依，互相擁抱著，而我留下捨不得的淚水竟然也被兩隻愛貓舔掉了，牠們舔舐我的眼淚是在安慰著我，也是在表達牠們都深深知道我對牠們的萬般捨不得。

最後在爸媽的催促下，才邊哭著邊上車準備前往機場。

在機場登機前，**我分別抱緊了爸媽，告訴他們：「我愛你們！」以及「你們要好好保重。」**

這是我對父母親發自內心的肺腑之言，有感而發，雖然我還是講得太少，但是我保證不會是最後一次。

我們都知道亞洲人比較保守，即使演變到現代，「我愛你」這句話依舊也只會是跟情侶或是老公老婆才會說出來的話語。然而對自己的父母卻是很少說出「我愛你」這三個字。

但是其實父母猶健在是兒女最大的福氣，有機會就可以對他們講「我愛你們！」不管如何，開口試看看吧！父母聽到了一定會感覺很窩心、很暖心的。

＊＊＊

對於遠渡重洋來到海外，感覺真是五味參雜，對於家鄉的人和貓我心中是難以割捨，然而另一方面又對再次能夠在澳洲讀書充滿期望。

沒想到，在我內心糾結時，竟然在抵達澳洲雪梨第一天就在學生宿舍遭遇到種族歧視事件。在我拖著兩個超重大行李箱的情況下，因為想要快點進去房間，而被一個壯碩的澳洲男子大聲吼罵叫我：「"Get out of the office!" 滾出辦公室！」

他罵聲震天價響，我坐了十個小時的飛機，沒什麼睡覺，整個人累到無力反擊，只能呆站在原地聽他大聲吼罵。

好不容易終於辦完入住手續，我再一個人拖著兩個超重的大行李箱搭電梯到三樓。然後再走過長長的長廊才到了我的房間。

等到進入房間後，馬上就看到盡頭落地窗前面擺了張平整的書桌和一張電腦椅，我立刻就趕緊坐了下來，希望可以稍微喘息一下。

才喘息不到一分鐘，又發現到我前方的書桌上擺了一台電話，似乎可以外撥。我立刻快步走向樓下的便利商店買了一張網路電話卡（也就是現在台灣負責照顧銀髮族的外籍看護們，在東南亞商店買的那種網路電話卡）。

「哮喘不能忍嗽！」我媽媽常常這樣形容我又急又怒的性子，總是這樣一件事情不吐不快。

我買到了電話卡後，便立刻打電話給媽媽，氣急敗壞的說出剛剛在宿舍櫃檯遭受到的侮辱與不平對待。然後總是照著情緒宣洩把話全部說出口，接著必定會做出莽撞且日後自己可能會後悔的衝動決定。

我在電話中對媽媽訴苦剛剛遭受到的不公平對待，我說道：「這裡是學生宿舍，不是一般的租屋，宿舍職員應該了解國際學生都是搭著好幾個小時的長班航程，身體早已疲累不堪。更何況我還自己一個人拖著兩個大行李箱，竟然完全不能體諒，就這樣對著我大聲吼罵!?」

隨著我越講越氣，我腦中負責決策功能的區塊開始移動，負責做決定的大腦區塊開始被情緒牽著走而產生了嚴重的位移。

我對著電話那頭的媽媽說道：「我早已經有一個碩士學位，實在是沒有必要再多讀一個碩士學位。」然後我因為此事件渲染到整個國家，我氣呼呼地說道：「而且澳洲賺我們家的錢已經賺夠了，既然他們澳洲人一直在對我們亞洲人種族歧視，那我們也完全沒有必要再讓他們賺下去了。」

媽媽並沒有多說什麼，只是一向都是在我生氣時試圖安撫我的情緒，然而我只是一昧地任情緒牽著鼻子走，最後就扭轉了原本要待一年半讀市場行銷碩士，馬上就轉變成只讀這一學期就好了的決定。要說我翻臉的速度比翻書還快，實在不輸給剛剛對著我大聲吼罵的澳洲人也不是言過其實，而是十分中肯的事實。

然後我信誓旦旦地對媽媽說，就算只完成了一學期的學業，也能獲得一張本科證書，英文叫做 Graduate Certificate，我說道：「反正我們台灣只重視學歷，拿這張紙可以唬唬那些英文能力不足的人，或是不了解澳洲學制的人。」我驕傲地說道：「憑這一張紙就能回台找工作了。」

不過在我盛怒之下，我似乎忘了自己為什麼來這裡的初衷了。正如前面提到的 DSM-V《精神疾病診斷與統計手冊》，手冊之中提及我這種精神病患者最重要的症狀是：**過度從事極可能造成痛苦後果的活動而不自知**。

凡事總是看心情，先幹了再說！說要來澳洲讀書的人是我，高興再次來到澳洲讀書的人也是我，結果最後決定收手不幹了還是我。總是這樣不考慮後果會如何就突然下決定，尤其是在我生氣時被情緒失控影響了判斷能力，完全被情緒給淹沒，無法先評估後果是好是壞就直接下決定。

這部分的大腦功能損害，我在《思覺失調症完全手冊》這本書中也有讀過，患有此種疾病的人通常都會無法判斷事件的經驗好壞，做出來的決定也無法判斷於己是否有益或是有害。也就是說我們這種**精神疾病患者在判斷能力上是有障礙的**，就像自閉症患者無法與他人溝通的障礙一樣。即使日後我病情好轉且穩定，我發現到自己在判斷每個事件的經驗的好壞依然存在著障礙，無法像正常人能辨別並能平靜處理，這種症狀實在讓我非常頭痛。

像這次來這裡的初衷，不就是為了調養曾經崩壞的身心靈嗎？我再次遠渡重洋來到澳洲，不就是為了接受知識的灌溉與洗禮，以及再次過上獨立生活以改頭換面嗎？我不正是為了讓自己能重新找回失去的人生軸心，好讓我能夠靠自己再度撐起自己，才能昂首闊步向前走嗎？

這些不就是我再次來到澳洲的初衷嗎？這不就是我來這兒的理由嗎？怎麼又再次的被情緒牽著走呢？怎麼會只因跟你無關係的人惹你生氣，你就硬生生的把原本一年半斬斷成不到半年的時間呢？這樣只有半年的時間夠你休養已然崩壞的身心靈嗎？你有這樣的信心，只有半年的時間夠用來進行「災後重建」嗎？你是否太高估了自己，還是你根本從來就不懂「休息是為了走更長遠的路」這樣老生常談的簡單道理？這樣會否把自己逼得太緊？

＊＊＊

的確，我把自己逼得太緊，我也一向對自己實行高壓逼迫的方式去逼自己完成任務。就像是大學時期，我在兩年半內像是工廠生產線似的產出了兩人份的一份又一份的作業；而在新聞系碩士學位期間又在一年半內完成了自己原已繁重的課業，又為了賺錢幫許多人完成了作業；更加不用提及每份作業事前都要進行的大量閱讀。這些想來就令人咋舌，也令人窒息，難怪日後在寫作此書時，我的母親和老婆都說我把自己活活逼瘋了，我也不知道自己是否真的是讀書讀到頭腦壞掉了？

這次算是我第三次來到澳洲讀書，本來已經和媽媽說好了，就只讀一學期結束後就回台找工作。其實若是如此，我大可不必太過逼迫自己，然而我那「過度用功」的傾向又再度抬起頭來，我對媽媽說道：「為了不浪費這一學期的錢與時間，我會像以前讀書一樣獲得高分給你們看，所以我一定會**用功讀書**的。」

於是，為了錢與自己的面子問題，我又再次對自己進行高壓逼迫的方式來達到已設定好的目標，我的「過度用功」模式又再度死灰復燃。

雖然認真讀書是好的，但是過度用功到不顧身體健康與生命安全的話，這樣還是好的嗎？

何謂過度用功到不顧生命安全？

那是發生在已接近學期末準備期末大考之時的事情。當時我一樣在晚上挑燈夜讀，怎料正沉浸在文字之中時突然之間被一聲轟然巨響給震懾住了。

待幾秒鐘恢復鎮定之後，我在想：「嚇死我了，剛剛那是什麼聲音這麼大聲啊？」我的腦子在思考著可能的答案：「該不會是爆炸聲吧？嗯，聽起來好像是爆炸聲呀！而且好像離我很近？」

正在思考時，此時我聽到對面房間裡面的人已經跑出來了，這更印證了我的答案是正確的，我也跟著跑出房間。

一出來看，果然近在咫尺，發出巨大聲響的竟然是我旁邊的房間，它在我房間的左側，要是延燒的話，我的房間可能是倒楣的最嚴重被影響戶。

不過即使認知到這點，第一次遇到爆炸起火事件，我根本不知道該怎麼處理？對面的房間出來一對男女朋友，那個男子嘴巴說道：「Must be gas explosion.（一定是瓦斯爆炸）we need to get people out of this room.（我們要把房間裡面的人救出來）。」

接著他開始對著發出爆炸聲響的門外大聲喊道：「Anybody in the room? Is there anyone?（有人在房裡嗎？有人嗎？）」

見無人回應，男子救命心切，開始用身體大力衝撞門，或是用腳大力的踹，試圖把門看能否被撞開。

門縫底下冒出了一陣陣的白煙，也傳出了難聞的臭味，男子見狀說道：「The fire began to burn, and it would get bigger.（火勢開始變大了）。」

此時，火災警報器大聲響起，更多人從自己的房間裡面跑出來，他們大多是帶著「發生了什麼事」的表情，也有人面露不耐，感覺好像被打擾的樣子。

不過火災警報系統的語音提醒開始發出了：「“Fire, fire, fire. Evacuate immediately.”（火災，火災，火災。立即撤離。）」

於是我就跟著大家一起往最底層樓撤離（澳洲的最底層樓叫做 Ground Floor，而不是一樓，去澳洲坐電梯可別按錯了），許多人有秩序地走著逃生梯往樓下撤退。

由於人多走得慢，我在快要進入逃生門之前就看到消防員已經到場，當然很多人也都看到了。

不知道是否是消防員到場的緣故，或是到了樓下就放鬆警戒心了，宿舍學生們開始說說笑笑的聊起天來。然而卻只有我一人在緊張，不過我緊張的竟然不是火災的危險性，而是在擔憂我的功課怎麼辦？

因為當時已經快要進行最後大考了，其中兩個科目是和數字有關的金融（Finance）與會計（Accounting），我深怕自己會考不好，因此我的心思全放在它們上面，才會忽略了當時正在發生的火災（而且它就在我隔壁房）。

我想著：「離剛剛看到消防員到場已經過了快二十分鐘了，應該已經沒事了吧？」我看著撤退到樓下、此時正在說說笑笑的學生們，我想著：「大家都那麼鎮定自然，那我想應該沒事了，我應該回到樓上繼續努力，再過幾天就要考試了，一分一秒都不能浪費。」

於是我開始蠢蠢欲動，眼睛掃視人群，確認真的沒有人注意到我之後，便一溜煙地鑽回去逃生門，順著樓梯，加快腳步往三樓奔去。

等到我回到樓上後，赫然發現到原本在事故房間門外的消防員們都失去了蹤影，但是仔細聽，可以聽到還有很多吵雜的聲響，我放慢了腳步，亦步亦趨地慢慢走向我的房間，越接近房間時，我的動作更加顯得鬼鬼祟祟的，好像是要去偷別人東西的小偷一樣，不過我是在走向我自己的房間，我想做的也只是回到書桌前繼續用功讀書而已。

很快的，我就接近了事故現場與我的房間，我先往內一探究竟，原來那些不見的消防員都進去發生火災的房內正在救火，我卻心中感到驚喜，因為這意味著他們不會阻攔我進入自己的房間，而我可以順利回到房間裡繼續讀書了。

我小心翼翼地打開房門，順利的進入房間裡，一看，所有物品依然保持原狀，彷彿在告訴我：「來吧！回來繼續練習金融與會計的題目吧！根本沒什麼大礙，火災什麼的根本不重要，現在對我最重要的是期末考才對！」

看著這完全沒有變動過的景象，我感到一種溫馨又熟悉的感覺，我覺得我坐回到椅子上，馬上就可以從剛剛被突如其來的事件中斷的部分直接接軌，順利銜接下去，繼續練習更多題目。

於是我就在旁邊有救災的吵雜聲響下，完全不受影響自顧自地看書和計算做題目。消防員的對話聲與救災行動中的吵雜聲全部都成為我用功讀書的背景音樂，這些聲響對我來講，只是些白噪音而已，我一樣可以讀書讀得很起勁。

真不知道我會這麼做純粹是出於對災難的無知，還是我對於自己要求的標準的執行太過執著，以至於我竟然把讀書擺在生命安全之上!?

然而這個還不是最扯的過度用功事件，再來我竟然可以用功到把自己搞受傷了，除了不顧生命安全之外，還有連身體健康也一樣不顧了。

事情發生在與火災事件接近的期末時間，當時我正為了所選讀的四個科目的期末考做好最充分的準備。

這其中有我最傷腦筋的金融與會計，我知道數字是我的罩門，而唯一的方法就是盡全力的多做練習。於是我毅然決然的決定要重寫這兩個科目的厚重指定參考書，以自己的用語改變題意與數字，將這兩本厚重的參考書以完全手寫方式整個謄寫到幾本大型的筆記本上面。

我告訴自己再不到一個月的時間就要期末考了，努力了大半年，我一定要畫下完美的句點給爸媽一個交代，不過其實似乎是給自己的面子問題和執著心交代比較多才是。

原本就已經很高壓的情況，在我決定這麼做之後，更加大大的加強了逼迫力道以完成我設定好的目標。日後我的家人一再認為是我逼迫自己太超過了，他們都覺得是我因為讀書而把自己逼瘋了，雖然我至今仍然不知道我得了精神疾病的原因是否正是如此？

為了完成這項艱鉅的任務，我逼迫自己在極短的時間內進行快速的繁重閱讀，然後再快速動腦筋以自己的用語產出讓我更容易理解的改編內容，每個題目不只文字和數字不同，根本就像是買了一本全新的參考書，上面有完全不同的練習題。我在艱苦的過程中一再告訴自己只有這麼做，我才能真正透徹了解金融與會計這兩個棘手的科目，而且這麼做既省錢又可以多做練習，所以一定要堅持下去。

結果我比預期的時間還要短就完成了兩本厚達近八百頁的手抄謄寫任務在兩個多禮拜內完成，可以說結果完美的配合我的計畫，剩下的時間就留給其他兩個科目。

雖然結果是完美的，但是我的右手卻完蛋了！過度使用右手進行重複的機械性動作，且又是在這麼長的時間內不停歇的這麼做，果然我終於操壞了我的右手，罹患了「手腕隧道症」。

「手腕隧道症」就是手腕持續做重複的動作，例如打字或寫字等，都可能導致手腕腫脹。當手腕腫起來，腕隧道便會變窄，而壓迫到神經，造成疼痛或其他症狀。

許多從事使用手指及手腕工作的人，像是美髮師、麵包師傅、收銀員、紡織及裁縫師經常會罹患腕隧道症候群；而我則以幾近瘋狂的方式證明了學生也可以在短時間內罹患此症。

此外，為了要順應當時澳洲的環境，我還對自己實行了嚴格的節省開支與時間控管。

由於當時去澳洲時，正值澳幣強勢。台幣兌換澳幣匯率是30～32比1，不若以往和現在的20～22比1，生活壓力不可謂不大，因此我對自己力行了幾項嚴格的管控措施。

我規定自己只准把時間用來讀書，不准逛街。就算是逛街，也只是為了採買食物、生活或上課的必需品。而且每次採買時間還規定不得超過半個小時，並嚴格管控開銷，時間到了，一定要回到宿舍繼續讀書。

另外，我也規定自己不得隨意買東西犒賞自己，結果整個學期中，只有在期末時買了一瓶小香水以慰勞自己的辛苦。

平日我唯一的小確幸，就是有時候在宿舍旁邊的一間小二手書店逛，真正有興趣且價格合理者才得購買。事實上，我大部分零碎時間裡，只能看從台灣帶來的小說。

便當也嚴格控管開銷，又因為我一直都在減肥，所以我每天都只買一個便當，然後再把它分成三等分，好像是在吃三餐一樣，一天只吃一個便當。

因為澳洲買菸昂貴，所以我只能買捲紙和菸草，自己徒手包菸來抽。

基本上，這次來澳洲就是為了讀書，沒有假期、沒有休息時間。我就像是一路往目的地衝去，而中間完全沒有靠站休息的火車頭。

學期中有個約十天的 midterm break（期中假期），原本是讓學生在學期中有個休息時間，可以在繁重的課業壓力下，能夠稍微緩一口氣以紓解壓力。然而我卻全部都拿來讀書，就連同學約我去 Pub 夜玩，我也會半路落跑回家繼續讀書。

其實不管有沒有放假，或是週末禮拜六日，乃至於平日，我大部分時間只在大學和宿舍兩地往返，沒有什麼休閒娛樂，整天除了讀書、還是讀書。

為了求得好成績，為了能夠全心全意地努力讀書，我每天只睡三、四個小時。可以說沒有娛樂，整天與書為伍。除了鑽研本科的專業書籍之外，我把其他剩餘的零碎時間拿來閱讀台灣帶過來的小說，例如像是睡前半個小時、通勤時間、如廁時間，以及洗澡完抹保養品的時間等等。雖然還是一樣在看書，不過從參考書轉移到小說上，讓我有很療癒的紓壓感，整個人好像從原本在好漢坡辛苦的攀爬，一下子就轉換到在悠閒的田間小路上騎自行車般那樣輕鬆自在。

第七章　樓梯喧鬧記

我順利完成了這一學期的課程，過度用功的結果是雖然如我所願再次取得好成績，不過也帶給自己嚴重的手腕隧道症後果，我硬撐著、咬緊牙根忍耐疼痛又腫脹的右手，回到台灣才開始接受治療，因為還在澳洲時已告知母親這個狀況，她說要好好治療的話，唯有等回到台灣找中醫才行。於是我帶著一隻已經完全廢掉的手回台灣。

等我回到台灣之後，我實在無法忍受那嚴重疼痛的右手，幾乎馬不停蹄的趕緊找附近的中醫診所接受治療。

好在台灣真的很方便，到處都有中醫診所，我聽家人的意見到離家不遠的一間中醫診所準備接受治療。

幫我看診的是一個約五十幾歲左右的男醫師，他看了看我右手嚴重腫脹的情況後面露難色，而在我告訴他是因為我在兩個多禮拜的時間內完成手抄兩本八百頁的參考書，他更是直呼不可思議，怎麼會有人這麼做？

他說道：「不是有電腦跟印表機嗎？大可以用電腦和印表機來做啊！為什麼要這樣搞到把手用到受傷呢？」

聽了之後，我沉默不語，心中卻想著：「只有用手抄才比較有感覺。」之後醫師表示：「你必須接受差不多兩個月的針灸電療，才能讓你的右手恢復正常，才能工作。」

了解情況後，我便開始遵照醫囑，每隔一天到中醫診所報到接受治療。由於我早已習慣隨身攜帶一本書，我便在每次針灸電療時，閱讀我的書以排遣漫長的治療時間。

因為我必須接受密集的治療才能早日康復，我注意到在中醫診所裡，有個可愛的護理師，她個頭嬌小、有雙大眼睛，正是我喜歡的類型。

尤其是在每次她幫我拔除針灸與做包紮時，她溫柔的聲音與輕柔的動作讓我幾乎忘了疼痛的右手，直盯著她看，我便在心中暗自決定一定要跟她告白。

我到書店買了粉紅色的信紙，在上面寫下告白的話語，說我早已注意到她的可愛與溫柔，很喜歡她，希望可以和她交朋友，並在下方留下我的手機號碼，如果她接受我的話，就回傳簡訊寫「YES!」給我。

隔天到診所治療時，我便找機會把摺成愛心形狀的告白信交給她，她面露訝異，但還是把信件收下了。

當天我一直滿心期待著她的簡訊，一直等到她下班時間，才收到她的回覆，果然我的告白成功了，她的簡訊上寫著「YES!」，而我當然也得到她的手機號碼。

我立刻打電話給她，邀約她今天出來，她也答應了。不過她說她得要回家一趟再出來，便和我約了見面時間與地點。我不知道她先回家，竟然是「有備而來」。

我帶她去山上一處可以不受打擾的地方看夜景，在車上我們好像是早已認識很久了，一點都沒有初次見面的羞澀感，一直在聊天，藉以了解彼此。

我告訴她在診所治療時，早已注意到她，才會鼓起勇氣向她告白。她則告訴我她也有注意到我，因為我是中醫診所裡最年輕的病患，而且最讓她注意的是我是一個愛閱讀的男生，每次來幾乎都在看書。我笑著說：「可是自從有了妳之後，我書都看不下去了，因為一直在看妳。」

她聽了之後給我一個很甜美的笑容。

氣氛濃厚時，我就直接發動攻勢，和她親吻，輕柔撫摸著的身體，慢慢退下她的褲子。等到我準備要「進入」她的身體時，她突然間喊停，告訴我她有做「準備」了，她要從包包裡拿出來。

她拿出來後，我發現她果然有備而來，她的「準備」就是保險套，雖然第一次見面就由女方準備保險套讓我有點訝異，不過我認為這不是女生隨便，反倒是她很懂得保護自己；年輕男女交往本來就該做好保護措施。

於是我們第一次見面就發生了關係，而且還是我還沒有嚐試過的「車震」。因為車震有被人發現的刺激感，而且空間狹小，感覺倆人反而更緊密。往後我們倆人約會時，大都是在車上交歡，還發展成讓我們四處尋找可以車震的地點：有在高山上、有在海邊、有在靜謐的寺廟旁，還有在半夜的廣闊停車場裡。

我們快速進入熱戀期，這位護理師對我表達她的愛，她說有個週末她和家人幾乎整天都在談我。那天我們在後山的寺廟旁，她說真的很喜歡我，願意用嘴巴幫我服務，她一邊幫我口交，一邊抬頭和我聊天。她濃烈的表達她的愛，她說如果她有什麼需要改的就告訴她，她會改；因為才交往不久，我告訴她妳沒什麼需要改的。

我想這個就是年輕人會犯的通病，很快就進入熱戀期，濃烈的愛著對方，然而其實都還不夠了解對方，所以我還不知道她有什麼缺點，怎麼知道她有什麼需要改的？誰知道她日後讓我最氣的就是每次拌嘴吵架，她就喜歡玩躲貓貓，躲到讓我找不到，無法進行溝通，也因此無法修復關係。

此外，她還對我透露她家有家暴問題，她爸爸賦閒在家就算了，還常常在喝酒後對她母親動粗，至於是否有對兒女動手我就不得而知了。

日後我回想，覺得家暴問題影響她很深，讓她變成一個「容易受傷的小孩」，感覺她很脆弱與膽小，表現出來的樣子就顯得很怪異。

譬如說，有次拌嘴小吵架，她想要來找我，卻躲在柱子後面鬼鬼祟祟的，她那若隱若現的身影要不是被我媽媽發現，我可能根本不知道她有來找我。等到媽媽告訴我她來了之後，我就直接對躲在柱子後方的她說道：「小可愛！來找我就直接進來啊！幹嘛在柱子後面躲躲藏藏的？」

還有一次她的怪異表現更是讓我覺得不知所措。因為她既願意在第一次見面就幫我準備保險套，又四處和我搞車震，還願意主動幫我口交近一個小時，可是她竟然會在有次她月經來時，我與她親熱，卻突然手抱住雙腿，蹲在地上陣陣發抖，她突如其來的舉動讓我頗感訝異，也覺得莫名其妙。

我告訴她我只是想親妳，並沒有要在妳月經來時與妳做愛，我還告訴她：「妳看，我衣服褲子都沒脫，妳為什麼會這樣？」

不過她還是蹲在地上陣陣發抖，這讓我不禁懷疑她的父親是否除了家暴，還對小孩做了什麼不該做的事情，否則她為什麼會有如此反差的表現？

家暴影響小孩多深，從許多事情可以發現到，還有一次，我們倆原本甜蜜蜜的在做愛情心理測驗，後來突然間在開玩笑時，我假裝做勢要掐她脖子，只是伸手做個手勢，連碰都沒碰到她，結果她一直說出：「你一定會打女人！」這句話，可見她在與男生交往時非常膽小，時時都在注意對方是否是會傷害她的人。

她把她父親投射在交往的男生身上的例子處處可見。因為她爸爸整天賦閒在家不上班，還打她母親，因此她就以父親的反指標來要求交往的男生。

有次她說她有跟她媽媽聊過我，結果她媽媽聽了之後，對我最直接的質問就是：「為什麼我沒有上班？」

我則沒好氣地回答說：「妳沒見到我就是因為右手廢了殘了，無法寫字也無法使用電腦，所以才去妳診所就醫的啊！」

我頓時冒起火來說道：「難道妳沒有眼睛可以看嗎？要不然我們怎麼會在診所認識交往？」

然後我賭氣的說：「你們母女要我馬上找工作是不是？好啊！要我找，我就馬上找到工作給你們看。」我一副因為高學歷而信誓旦旦的樣子。

想想在交往初期，她還告訴我如果她有什麼需要改的就告訴她，她會馬上改。可是每次吵架，她就躲起來，就算我想告訴她什麼話，也沒有溝通的機會；於是我的「當面說清楚」，與她的「避不見面」完全處於沒有交集的平行線，最後分手的導火線一樣是因為避不見面的原因，我難掩怒氣，終於引爆開來，上演了樓梯喧鬧記。

怎麼回事呢？那是因為我們倆後來就常常吵架，而她一樣選擇避不見面。

說起來我們倆個可能無緣吧！她喜歡避不見面，我喜歡當面說清楚，兩種模式互相排斥。再加上我可能有點太笨了，她父親就是喝酒家暴，結果那天吵架後，我竟然到便利商店買了一瓶洋酒，還以為這樣做才是「大人的道歉」，最後會失敗，只能說是笨得可以，還是她有說，我沒有仔細在聽。

反正我那天晚上就帶了這瓶洋酒準備到她家跟她道歉，我早已準備好了說詞，滿有信心的覺得自己說詞完美、態度禮貌。

到了她家樓下，我按了電鈴，馬上就有人來接聽，聽起來像是她媽媽，於是我很有禮貌的說道：「J媽媽，妳好，我是J的朋友，我叫做Gary。因為最近和她有點小誤會，所以特別準備了一瓶酒給你們並想向她致歉。」

我自以為說詞完整且態度禮貌，應該會得到好的回應。怎料她母親竟然口氣高昂地直接第一句話就質問我：「你是誰啊？你想要幹嘛啊？」

我頓時無法回答，心想：「奇怪？怎麼會問我是誰？妳女兒不是說她常常跟妳談到我嗎？還有什麼我想幹嘛？我不是說清楚我只是單純地來致歉嗎？我並沒有想要幹嘛啊！」

前面有提及，**患有思覺失調症的患者會有無法辨別事件經驗正確與否，也無法判斷事件經驗的好壞，這方面的思考障礙使得我無法聽出來別人話語的另一層意思**。

就像護理師她母親對我質問：「你是誰啊？你想要幹嘛啊？」我卻只能直線思考成她真的在問我**你是誰**，她女兒就是有與她談過我，否則怎麼會問我：「為什麼我沒有上班？」所以她當然知道我是誰。

不過她這句話「你是誰啊？」更多是在表達：就算我們知道你，可是從來沒有見過面，所以完全不認識你，既然如此，你怎麼會這麼突然的登門拜訪，所以她才會又質問：「你想要幹嘛啊？」

也有文獻提及，**思覺失調症患者較缺乏同理心，無法以對方的角度來思考**。如果更深一層的想，他們家有長達二十幾年的家暴問題，受害者正是母親與女兒（看看這位護理師如此奇怪的表現就知道了），所以她母親當然有**強烈保護女兒的心態**，因為她媽媽想說我長期忍受家暴，我絕對不會讓我女兒步上我的後塵。所以，就算我語氣再溫和說詞再合理，也無法突破他們的心防。只可惜，當下發生得太突然，這些事情要很久之後才能悟得到答案。

正如前面所說的，當下發生得太突然，我無法同理感受她們受害者的角度，她母親質問的語氣又十分惡劣，我想說我來意為善，只是想送個禮物，向妳女兒道歉並重修舊好，怎麼會遭到妳這樣惡意的質問？

此時，我的怒火接近引爆，再加上護理師又躲在她母親後面，不敢以成人態度來與我對話，我一直聽到在對講機裡，她要她母親要我趕快走，這直接點燃了怒火，於是我再也按捺不住，我也提高聲量回擊：「不用了！不用了！你們倆個不要再講了！」

就在我準備離開時，一步下樓梯，我想到我要報復回去才行，否則我遭受他們母女倆這樣的對待，我怎麼吞忍得下？

於是我就在他們住處樓梯上演了一場喧鬧記。我在邊跑下樓梯時，邊大聲喊道：「哎唷！好恐怖喔！×號×樓家有家暴喔！好恐怖喔！快打死人囉！」

我一直重複這句話，喊的聲音保證整棟樓都可以聽到，這下我成功報仇了，讓他們家好好出醜了。然而我是出了這口氣，但是我們的戀情也告吹了。

第八章　職場遭小人害

在治療右手嚴重腫脹的手腕隧道症時，由於被護理師的母親問道：「為什麼我沒有在工作？」於是我一賭氣就擱下根本還沒治療好的右手不顧，直接開始找工作。的確我也證明給他們母女倆看到我找工作是多麼容易，很快就找到工作了，只是上演那齣樓梯喧鬧記，在還沒正式就職前，我們倆個就分手了，說起來還真是戲劇性十足。

只是這樣賭氣之下草率做的決定實在不妥，不管是找工作，或是其他方面的事情。這間公司的地理位置和我家真是八字不合，明明開車只要半個小時車程，但是捷運路線的問題，我卻要每天早上早起，然後換三班車，搭三種不同顏色路線的捷運；下了車後還要再走路大概十分鐘才能抵達公司。原本只要半個小時的車程，變成要一個多小時的通勤時間，而且我還要早起打理梳洗跟換衣服，這樣每天搞下去實在是很勞心費神。

尤其是當時正是炎熱的夏天，整個人感到非常疲憊不堪。除了交通因素沒有考慮好之外，我連工作內容都沒有搞清楚就來上班了。

我的職稱一樣是英文編輯，但是這間公司的產品是以發行汽車零件產業的業界出版物，我對於這個產業不熟悉，雖然男生都喜歡車子，但是我對於汽車零件沒有什麼太大的興趣。

公司最大的盛事就是每年的車展，車展對許多愛車的人來講是不容錯過的嘉年華。我就職沒多久後很快就遇到這重大盛會，老闆令全公司都要出動，包括我這個英文編輯，連ＩＴ（資訊）人員也要去。

我大部分的時間都在攤位上，老闆說我英文能力好，要負責向來參展的外國人推銷公司主力產品：一本又大又厚重的汽車零件業界年鑑。

我也只好乖乖地聽話做事，結果參展那幾天內，我就把所有的年鑑銷售一空。我也不知道會這樣，那時根本沒有智慧型手機，所以這種業界出版品對業界人士很重要。我只是每次看到有外國人來就對他說道：「你應該買一本這種年鑑，它完整收錄台灣從北到南的全國汽車零件廠商，在台灣做生意不能少了這一本。」可能打中痛點，來參展的外國人就是為了要在台灣做生意，所以我幾乎沒有遭到拒絕。

展覽結束後，大家都留在現場，老闆想要結算這四天來大家的成績表現。結果那位在第二次面試時，長得有點其貌不揚的蔡經理曾經對我說道：「我最討厭GPA 5.5這麼高分的人了」，展覽後她在大家面前對老闆說：「這幾天表現最好的就是Gary了，他把所有的年鑑都銷售一空。」

老闆聽了之後，給我鼓掌。然而這種在公開場合接受表揚絕非好事，因為很容易遭小人嫉妒，被小人暗中陷害。

果然就在公開表揚時，我瞥見了公司的胖子女業務助理Summer就馬上吊白眼，還眼歪嘴斜的露出不以為然的表情。

這個胖子女業助和蔡經理關係很好，兩個人就像是地府來的七爺八爺，一個矮胖一個高瘦，四處找人索命。

他們倆人有很多黑歷史，四處找人麻煩，看人不順眼，就找機會搞他，他們倆應該非常樂於當公司的小人，而且樂在其中。

我們公司在北中南各有一間分公司，不過規模都不大，每間公司約十幾人，加起來大概三十幾個人。

女胖子 Summer 在我上班不到一個月，就發生了她與位在中港城的女美編隔空吵架事件，倆人不知道何故而爭吵，結果就在 MSN 上面吵得不可開交。

我心想這個人還真閒，上班不上班，竟然還在那邊隔空吵架。

後來女美編把持不住，在 MSN 的標題上寫下了諷刺她是胖子的文字。結果 Summer 馬上就直接向老闆告狀，而老闆在接下來的北中南公司共同會議上嚴正聲明：「我的公司裡不准有人身攻擊這種事情發生，下一次再犯就是直接走人！」

此時我瞥見 Summer 露出得意的笑容。

展覽結束後，蔡經理從在老闆面前公開表揚我的人轉變成搞我整我的人，我當然知道是那個面露不爽的胖子Summer和蔡經理說了什麼，才會變成這樣。其實我覺得Summer是真小人，躲在後面陷害人，殺人不用自己出手，只要有蔡經理在，她就可以借刀殺人。

事後慶功宴上，蔡經理故意連續給我灌酒，擺明活生生的「我就是要整你」。她說我展覽時表現精采，應該要向大家敬酒，一下叫我對誰敬酒，一下又叫我對誰敬酒。惡劣的是喝完一輪再一輪，短短二十分鐘就喝了快三十杯酒，這對不勝酒力的我實在是痛苦的折磨，而此時坐在蔡經理旁邊的Summer又露出得意的笑容。

之後上班的日子裡，職場霸凌就在我身上上演，蔡經理不斷地針對我、搞我、說話虧我，我根本沒做錯什麼事，她竟然可以無中生有的對我冷嘲熱諷。

在公司無端被小人妒忌，並遭受職場霸凌，從小人身上我感受到一股濃濃的、發出惡臭味的惡意，這讓我想起以前曾在我喜歡的日本作家東野圭吾的那本叫做《惡意》的書中，有句話頗能描寫我對小人的惡意所產生的極不舒服感受。

書中寫到：「那些討厭自己的人所散發出的負面能量。他從來沒有想像過，在這世界上竟然會有這樣的惡意存在。」

《惡意》這本書中還有一句話簡短有力：「人性最大的惡就是見不得別人好。」

我大概忍耐了一個禮拜，也就是五個工作日，終於最後一天我的理智斷線，發起火來大聲罵道：「妳說夠了沒有？你們倆玩夠了沒？」見我變臉發怒，蔡經理面露驚訝，連一直躲在後面害人的Summer，雖然背對著我假裝在打電腦，也突然嚇一跳。

我繼續發難道：「外面的世界那麼大，等著我去飛呢！」我瞪著他們倆人說道：「你們倆個就留在這間小公司慢慢的玩，老子沒空陪你們倆個玩了！」

果然受到職場霸凌時要懂得反擊回去，勞動部的霸凌事件中也有聽到對於來自上面的人，只要敢嗆回去，霸凌的人就會收斂一點，越軟弱越會被吃死死的。

接著我背起包包立刻走人，蔡經理在身後對我喊道：「Gary，對不起啦！你不要生氣，不要走！」

我聽了之後憤怒地嗆她：「I don't give a crap about what you say! 我才不鳥妳說

什麼！」

儘管蔡經理行銷部的一個男同事出來勸說叫我不要生氣、不要走，不過我叫他不要管，這間公司我早就待不下去了。

在滿腹盛怒的情況下，我實在無法再以走路跟搭三班捷運這樣費力耗時的方式回去了，我在樓下招了一台計程車，讓自己在最後一天可以輕鬆點。

誰知道不到十分鐘，接到蔡經理的來電，我心想：「妳竟然還有臉打電話過來？我就看看妳想說什麼？」

我接起電話，她就馬上說道：「Gary，對不起啦！拜託你不要走啦！」

我語氣不滿地問道：「妳為什麼要這麼做？」

見她不語，我繼續質問她：「妳這個人很奇怪，展覽時我根本沒有要妳在老闆面前說什麼，是妳自己這麼做，然後之後再來整我!?」

她繼續道歉，不過卻是自顧自地說一些只顧自己立場的話，她說道：「對不起啦！你不要生氣，拜託你不要走啦！如果老闆知道我才逼走一個英文編輯，現在又逼走一個，老闆會罵死我的！」

我一聽更加憤怒，原來她和胖子 Summer 都有職場霸凌的黑歷史，整天都在鬥別人，原來在我之前的那個英文編輯也是一樣被氣到走人，那妳當我是傻子嗎？要我回去陪你們玩嗎？

接著我的理智再次斷線，憤怒的對她說道：「閉嘴！我才不會回去！」然後就把電話切斷再關機，以免受打擾。

第九章　就一年時間試看看

由於每次在職場工作時總是會遭遇人際關係的問題，我也知道每個遭受職場霸凌的人會說我只想好好工作，無奈就是會有人害得你無法好好工作。

於是我想暫離職場，停下來完成寫書的夢想。我跟家人詳談，家人也都同意。我告訴他們我給自己一年的時間來完成寫作，看是否能夠成功；如果不成功的話，那我立刻去找工作，我說這樣「進可攻，退可守」，絕對萬無一失的。

起初，為了繼續保持收入來源，我還一邊在家兼職做翻譯，然而翻譯工作卻喧賓奪主，佔據了大部分的時間，使得我的書進展極為緩慢。

尤其有次為一間公司翻譯故宮博物院的文章，九千字的文章要求我在當天內完成，結果我就從早上九點直到晚上九點一直坐在電腦前面，整整十二個小時不間斷的工作，中間只能起來上廁所，飯也沒有時間吃。

這次的持久戰讓我覺得這樣不是辦法，時間和心力都放在翻譯上面了，而書卻是原地踏步。於是我就辭退了所有翻譯工作，打算全心全意地投入到寫作上面。

只是這似乎不是個好主意，因為原本有翻譯工作，為了要與外界聯絡，我不得不維持如同在上班一樣的規律生活；然而當我決定全心投入在寫書上之後，我那規律的生活就又再次被自己打亂了。

那次是我第一次嘗試寫書，很容易就因為自律不嚴而打亂生活，因為在家工作不若在外上班，非常自由，我知道這是許多人會犯的通病，反而應該更加注意才是。怎麼會澳洲讀書時熬夜又睡眠不足，寫作時更是日夜顛倒、生理時鐘全部打亂。

記得我與家人商量要寫書的計畫時，曾經留學日本的姑姑就拿我最喜歡的日本作家村上春樹的例子告訴我他是個自律甚嚴的作家，因此才能保持在最佳狀態寫出一本又一本的好書，所以她中肯的告訴我想要當作家、在家工作，最重要的就是要有「規律的生活」。

曾經獲獎無數的知名美國偵探小說家勞倫斯・卜洛克（Lawrence Block）曾在

他的《卜洛克的小說學堂》（*Telling Lies for Fun & Profit*）一書中提到他起初也是自律不嚴，他覺得年輕時總是有體力長時間坐在電腦前工作，一天能連續坐上五到六個小時，後來老了，不規定時間，改採以工作量為計算單位，每次五到十頁，當然這個可以機動性的調整。

卜洛克說道，改以工作量為計算單位後，工作時間縮短為二到三個小時，減輕了工作時數。他說道如果比預期的時間還要早完成計畫中的篇幅，就可以高興的收工。如果，硬撐了三小時，仍然無法達成每日要求篇幅的話，那也不用硬逼自己，大可以鳴金收兵。

因此，這次寫作此書時，我完全遵照大師的師囑，也給自己在上班之餘的時間內每日寫作五頁，但是不會要求到十頁，發現這麼做果然比較有效率。

然而我那時第一次嘗試寫書時，卻很快就把姑姑的話當作耳邊風，在辭掉翻譯工作後更是無法保持規律的生活。

其實卜洛克所說的「自律不嚴」並不是說沒有認真在寫作，而是沒有規律的生活。在卜洛克的《小說的八百萬種寫法》（*Writing the Novel from Plot to Print to Pixels*）一書中，他有提到「晨型人」與「夜型人」的分別。他說道雖然有許多寫作者是夜型人，喜歡半夜的靜謐，選擇在夜間工作；不過他還是鼓吹做個晨型人，在早上醒來，頭腦最清新的時候來寫作的效果最優，而且還能維持規律的生活。

只可惜當時我不知道規律生活的重要性，也不懂可以從管控時間改成管控工作量的方法。滿心以為當夜深人靜時，世界都安然入睡，而此時正是惟我獨醒的我最佳的工作時間。

樂於當夜型人的我，以為自己越是在夜晚工作時間越長，越能盡快將書在一年的時限內完成，其實這根本是個誤解，不是工作時數越長就越好。而且我把它當成讀書一樣又高壓逼迫自己，很難保不會再出問題。

就在這樣自己給自己巨大的壓力下，有時我覺得閱讀和寫作到受不了了時，又開始出去外面遊戲人間了，我還覺得認真工作之餘，搭配些夜生活的刺激很對味，因為那樣做會讓我紓解壓力，只是我忘了人一旦劣根性歸來，就很容易放縱自己，到時候釣魚線收不回來就會樂極生悲。

於是我又開始與朋友們流連在夜店與酒店等夜生活場所尋找刺激，聲音與色彩的感官刺激讓人很容易縱情聲色而沉淪下去。

在夜生活的精采裡，女人是最重要的主菜，任何什麼想聽歌跳舞的都是鬼話連篇，想上妳才是真的。

因此我在得到機會可以上女孩子的時候絕對不會放過任何機會，有時候對女孩子看對眼了，甚至為了追求肉體上的快感，而故意不做保護措施，因為雖然是露水之緣，但是我心裡想著：「我內射在妳陰道裡面，這下妳身體裡面就有我的東西了！」

難怪 DSM-V《精神疾病診斷與統計手冊》裡面會提到精神疾病患者常常會有輕率的性行為，雖然我沒有看到書上解釋原因，但是以我是患者的身分和親身經驗來談，會有從事輕率性行為的原因多半是因為患者喜歡追求肉體的快感，而往往無視或忽略可能會帶來什麼嚴重的後果。

像是在夜生活認識的女子比較複雜，在不做保護措施的情況下，萬一染上什麼性病，那可就後悔莫及了。

尤其是我又依循著以前的模式，除了夜生活的女子，也有結交白天的女子，後者應該比較單純，有的甚至是略為保守，那如果我在夜生活追求肉體快感時，若是染上什麼性病，然後再傳染給白天的女孩子，那我不就罪過罪過了！

在追求白天的女子時，我是走著四處走走、買買逛逛的模式到處獵艷，常常會有成功的機會。而這可以說到有關精神疾病患者也有瘋狂購物的症狀，花錢毫不手軟，好像錢多到永遠也用不完似的。

我四處逛各種商店，有書店與二手書店、美妝保養品、服飾店、飾品店、文具店、寵物店，以及以動物為主題的擺飾店等等。

我竟然數學差勁到自以為只要我買的東西單價不高，我就可以盡量買多一點，不必擔心。然而當我東西便宜時買得太多還是一樣花費了許多錢。正如當時我逛美妝店買保養品時被一個中年的櫃姐說道：「你買那麼多幾百元的乳液，倒不如花兩千多元買一瓶 SK-II 好好的用。」

雖然我知道她是在推銷，也是想賺我的錢，不過她的話讓我日後反省自己時，覺得我瘋狂購物時的金魚腦，我怎麼不知道夠了就好了，東西一買多，用得完嗎？怎麼不等到有需要再去買？東西折舊或是過期怎麼辦？那不是白白把錢打水漂嗎？

像是我那時買了許多便宜的面膜，結果囤了太多盒，即使逼自己幾乎天天都要敷面膜也還是用不完，最後只好送給親戚拿去敷她的腳丫子了。更不用說，我那時三十歲出頭買了許多筆記本，結果到現在四十六歲，還是剩下一些筆記本。可是現在我們有智慧型手機和平板，要做筆記非常方便且又無紙化很環保，誰還會想再用紙本筆記本呢？

依照 DSM-V 所列出，像我這種精神疾病患者，**如果我不夠自律的話，不只會有睡眠不足與日夜顛倒的情況，還會有瘋狂購物及縱情縱慾過度的行為**，顯然我當時根本沒有辦法當一個夠格的寫作者。

就在我邊寫邊玩時，我忽略了我給自己的時限已經慢慢逼近，時間正在倒數計時了，等我猛然發現後，我收起玩心，在原本就已經日夜顛倒的情況下，我給自己施加更無情的高壓，逼迫自己在剩下不到幾個月的時間要沒日沒夜的寫下去。

艾倫讓我覺得肥胖是種罪惡，使得我大半輩子都在減肥。那此時的我為了能在期限內完成寫書，我逼得我自己覺得睡覺是種罪過，是對自己夢想的殘忍。這逼得我後來被強制住院時，對與我面談的女心理諮詢師在她只是簡單問我：「你最近的睡眠狀況怎麼樣？」結果我竟然斬釘截鐵地答道：「睡覺，是種浪費時間浪費生命的事情！」

從這句話就可以知道**我真的瘋了！**

第十章　身在杜鵑窩

就在我沒日沒夜地趕工寫書，長久以來，我忽略了我身心已經疲乏到無法承受的地步；接著就是我在回到家時，對我家人出現攻擊性行為；再來就是被叫救護車送去強制住院。

我不知道自己怎麼了？我的人生總是充滿問號？或許我自己就是始作俑者、或許是我作繭自縛？我不知道、我真的不知道為什麼會這樣？

是因為我長久缺乏睡眠導致的嗎？還是是我的精神疾病的緣故？可是當時在強制住院前，我尚未被確診為精神疾病，我根本無法解釋自己為什麼會對家人出現攻擊性行為？

然而，無論如何，連家人在我出現脫序行為時，都會懂得趕快叫救護車把我強制送院，當時我的確真的（又）發病了。

「啊！我就是這樣子被強制送醫入院的啊！」我在精神病院的隔離區裡的小房間裡昏睡了三四天，終於醒來後才恍然大悟自己為什麼會身在此處：「原來我就是這樣進來的啊！嗚……這場夢還真是久，我到底睡了多久自己也不曉得……。」

我打了好幾口的哈欠，再用雙手大力摩擦我的臉藉以甦醒，環顧四周，我在心裡對著自己說道：「記得剛來時，醫生對我說我有什麼躁鬱症，那個是什麼意思啊？是說我生病了嗎？」

我聽到小房間外面有人在講話與走動，不喜歡被限制行動並關在這裡的我生著悶氣說道：「可是我根本沒病啊！為什麼我要被關在這裡？」

對於被強制住院，當時我根本毫無病識感，反而對家人把我關在這個鳥籠感到忿忿不平。

「我本來就是脾氣大啊！我哪有什麼不對勁的啊？」我發著悶氣。

「我只是因為寫書的時候睡眠太少、常常日夜顛倒罷了！」我在心裡對自己說道。

即使因為緊急情況，被家人強制送醫；即使已經被主治醫師判定為「躁鬱症」了，我依然不覺得自己有病，覺得這一定是醫師誤判了，認為這一切都是一場誤會，心裡一直喊著：「我沒有理由要被關在這裡，我根本沒病！」

然而，即使我再怎麼拒絕承認我發病的實情，但是我要被關在這個與世隔絕的籠子裡達三十五天之久已成為事實，恐怕無法改變了。

我走出小房間後的第一件事情就是打電話給朋友阿彭，我告訴他我只是寫書睡得少發脾氣就被家人送來這裡不得出去，我跟他說：「我根本沒事，睡一覺就好了，我現在不是很好嗎？我正常得很，拜託你趕快來帶我走，我要離開這裡！」

只是拜託朋友帶我離開病院實在是太天真的想法了，馬上就被識破。

等到阿彭到了這裡，我告訴院內的護理師說：「他是我哥哥，他要來帶我離開這裡。」

不過一位護理師馬上就要求阿彭拿出能確認身分的證件，很快就戳破了這個愚蠢的謊言，她還告訴我只有我的家人才能帶我走，其他人都不可以這麼做。

無奈之餘，我只好勉強自己硬待在這裡，直到三十五顆饅頭數完。

我在這隔離院區裡所看見的一切就像是和一九七五年的著名電影《飛越杜鵑窩》（One Flew Over the Cuckoo's Nest）沒什麼兩樣，除了少了為鋪陳電影中的戲劇性片段，例如精神病患的全體躁動與戶外上街頭這兩樣沒有之外，其他真可謂見怪不怪。

至於為什麼會把精神病院叫做杜鵑窩？有說英語系國家把「杜鵑窩」一詞用來比喻這些人脫離現實，思維根本和真正的社會脫節；因此，出版於一九六二年的原著小說是美國作家克西（Ken Kesey），他使用「杜鵑窩」一詞來表示精神病患活在自己想像的世界裡。

我在這隔離院區看見過各式各樣的人，我還是拒絕承認自己生病的事情，覺得自己是裡面最正常的人。

在這單層樓的隔離院區裡，塞滿了幾十個病人，而負責管理照護這些病人的護理師們差不多十位左右，他們會日夜輪班。

這些病人們各自有各自的問題，表現出來的行為模式也不一樣。有感覺比較嚴重的，每隔一兩天就要被護送外出去電療，回來後還頭暈暈的就忙著告訴我們他的腦部需要經常性地接受電療，臉上呈現一副呆滯的模樣，連講話也出現口吃。

有一個阿婆則沉默不語，不會與人主動講話，別人跟她說話她也不太搭理。不過她卻日復一日地照著規矩，出來看電視就坐在椅子上望著電視看，就寢時間到了就會主動回去乖乖睡覺。阿婆就這樣一天可能說不到幾個字的在裡面過日子，也不知道她是何時進來、何時會出去？

還有一個蓄鬍的大伯，他長得很瘦小，一張嘴巴卻不停地碎碎念，他會主動找人講話，一打開話匣子就關不上，雖然我不太想搭理他，會刻意躲開他；不過一不小心被他逮住，他就會唸起讓我頭疼的緊箍咒了。

有個更奇怪的地中海禿頭阿伯很喜歡偷走人家的東西，不知道他是什麼毛病，但是真的很惱人。有次我在淋浴洗澡時，直接把門上我掛著的浴巾整條拉走，我馬上就發現到，不顧自己還全裸著就打開門出來把他逮住，痛罵他之後再把浴巾搶回來。看到我全身赤裸著跑出來，在透明隔離板後的護理師們都驚呼連連，我也不管那麼多，先搶回來比較重要。

有個短頭髮女子從進來後就看來悲傷難過，我過去與她聊天問她，她才告訴我她被她男友天天家暴，使得她差點自殺成功，為了保護自己和遠離家暴男友，她自願來住院，當然也有防止她再自殺的可能性。

還有一個長髮的年輕女孩，差不多才二十出頭，我那時約三十二歲，不過倆人都很年輕，我看她長得很漂亮，便主動與她搭訕，不僅跟她要了電話號碼，還在她的單人房內與她親吻和互相撫摸，盡量地進行親密接觸。本來是很想發生關係的，但是我們都知道，護理師隨時會查房，就算真的很想做，也會被制止的，只好無奈等出院後再約。

除了遇到像後面兩個年輕的女子會讓我覺得比較有趣之外，其實住在這隔離院區裡實在是非常無聊的事情，沒什麼事可做，每天就像是一群行屍走肉一樣過著百無聊賴的乏味日子。

行動除了只能被限制在隔離區內，你只要不要有逾矩的行為，其他在護理師監管的原則下都是被允許的。

你大可以想睡就躺在床上睡覺；想看電視就出來公共區域在那幾排椅子上選個位子坐著看電視；想聊天就盡量聊，只要不要太大聲吵到被護理師警告就好了；你也可以到角落邊拿起架子上的書報雜誌翻閱，像是我就在這邊接觸到一些宗教信仰的書報雜誌；另外愛看書的我在實在無聊至極的日子裡，在家長會面時拿到一些自己的書籍，才終於感覺到不那麼煩悶。

在這裡的日子裡，一直讓我覺得其實監禁人的地方全部都如出一轍，根本沒有分別。把人關起來的地方，像是監獄、精神病院、軍隊這些場所都是把人關起來，剝奪了他們的人權，不管是犯人、病人、軍人在一段或長或短的時間裡失去自由，而且還完全地與世隔絕。監獄、精神病院、軍隊這三個地方唯一的不同之處，就是管理裡面的人換成是獄警、護理師和班長罷了。

日後我在閱讀過許多有關精神疾病的書籍之後，才知道還有許多精神病患需要長期住院，有的則是病情不穩定或是惡化的原因而反反覆覆的進出醫院，他們失去自由、與世隔絕的時間遠比我還要長久。

只是因為當時才初次被強制住院，不僅沒有病識感，而且一向自由習慣了的我認定了失去自由於我是非常嚴重的事情，心中一直都在倒數計時，何時才能離開這裡去完成我未完成的書。

院方對我們這群病人，就是由在隔離區內的幾位護理師們負責照料我們生活。就像是電影《飛越杜鵑窩》裡所演的，在精神病院的護理師們每天都要在規定時間裡放藥給病人服用，還要確認病人是否有真的服用了，或是有拒絕服藥的情況，他們會再跟每天都來巡察一次的主治醫師報告情況，當然也會談及每個病人的情況如何、穩定與否？

此外，像是新舊病人或是必須外出接受電療患者的進出也都是護理師們的職責，因為精神病院是隔離區，正如我所說的那樣，它基本上就是和監獄與軍隊沒什麼差別，人員的進出都要經過嚴格的確認跟管控才能放行。因此，即使我每天都巴不得想離開這裡，可是猶如孫悟空難逃如來神掌，根本逃不出生天。住在精神病院的日子裡，常讓我想起電影《刺激一九九五》（The Shawshank Redemption）中的人物，在漫長的等待中，對自由與外面世界是那麼的盼望與渴望。

院方有時也會幫我們安排一些團康活動及衛教宣導，能夠玩及學習正是我最喜歡的兩件事情，儘管它們兩者是在天平的兩端，不過不只是我與其他人比來說，算是待得不是太久的原因，我覺得團康活動及衛教宣導實在安排得太少了，如果能夠安排多一點，或許就比較讓我不會有虛晃度日的感覺。

團康活動比較好的像是有安排歌唱節目，讓病友們一起同樂，愛唱歌的我在一次的歌唱節目中上台演唱了光良的《童話》，整首歌放入感情地緩緩唱來，最後還獲得病友們及女醫師的滿堂彩。

衛教宣導課程最讓我印象深刻的是，有一次衛教師談及有關精神病患的購物癖行為，由於我在被帶來病院前，我正好會拿著錢到處逛到處買，所以這堂課稍微提升了一點我的病識感，不過大約僅只於：「雖然我不太懂躁鬱症是什麼，不過原來躁鬱症的人會有購物狂的行為啊！」這種原來如此、點到為止的病識感，稍微提升了約一〇%的程度。

在住院其中有一件事是在當時我本身完全沒有發覺到，不過日後我自己回想起來，卻覺得真的很讓自己與家人傻眼的事情，就是我與一位女心理諮商師之間的對談。

心理諮商師拿著一支筆和一張紙問我問題，她一個一個的問下來，而我也都如實的告訴她、沒有隱瞞，每次我回答完問題，她就會拿著筆在紙上快速地寫下我回答的答案。

當她問到我有關睡眠狀況的問題時，她只是一向淡定地問道：「你最近的睡眠狀況如何呢？睡得好不好？」

一個再平常普通不過的問題卻換來我意想不到的回答與反應，我一副把睡覺當成是多餘之物的表情和語氣，表達「為什麼要睡覺」的質疑態度對她說道：「我覺得睡覺是很浪費生命、浪費時間的事情！」

語畢，原本低頭的她突然間抬起頭來看著我，彷彿不太確定我剛剛說什麼的表情，但是更多是訝異與不可置信的表情看著我，而我依然氣定神閒的，不覺得自己有任何地方說錯。

日後回想起來，可以發現當時我的確病識感不高，不過心理醫師卻可以透過我這樣短短的一句話，就能確認我就算是沒完全瘋了，但是大概也八九不離十了吧！

第十一章　夢想未竟，卻中年失業

對於「強制住院」一事，不知道是否是因為我對自己的精神疾病的知識不足、造成病識感極低，抑或是我太過任性妄為、太不把它當回事；反正剩下的日子我只是在數饅頭，我心中只執拗地想著我正在寫的書怎麼辦？我一心只盼念著越早離開越好！

等到終於三十五天期滿，我一離開那棟隔離院區，就生氣地把醫院給我的「重大傷病卡」丟進垃圾桶裡，否認自己已經確診嚴重精神疾病的事實悶哼道：「哼！我根本沒病，還給我什麼『重大傷病卡』。」

一直到後來與老婆結婚開始治療後，我才又再去重新申辦**重大傷病卡**，還有思覺失調症患者能申辦的**身心障礙證明**。千萬不要像我第一次被強制入院時那樣，因為對疾病的無知而胡亂將其拋棄，這是非常魯莽的錯誤行為，特地在這邊聲明一下。

其實這兩樣東西對病友非常的重要，提供非常多的福利與優待，像是看診免費，連施打替代口服藥的長效針劑也免費，病友們千萬不要放棄自己的權利。

回到故事中。

在我一回到家後，就馬上坐在書桌前繼續工作，滿心只想著我要趕快把我的書「殺青」！

然而只給自己一年的時間根本不夠用，眼看時間就快要不夠了，可是離完稿還差遠了呢！更何況，我都還沒有展開完稿後還要仔細審稿修改的必要程序呢！越想越急、我心越慌亂，頭腦也跟著一起混亂。

我在想是不是自己經驗太資淺了，給自己一年的時間是否太短了？原本以為一年的時間很充足，可是我不是有看過許多書的作者都是耗費幾年的時間才能完成一本書的寫作嗎？是不是我太高估我自己的能力，以為自己可以在期限內寫完呢？那怎麼辦呢？我還要再給自己半年或一年的時間嗎？可是與家人的約定和承諾怎麼辦？我能忍受這麼長的時間沒工作嗎？我想要完成的書有值得我投資那麼多的時間與精力下去嗎？會得到夢寐以求的回報嗎？還是終究只是一場空呢？

無論如何，我決定先暫時停止在電腦前寫作，我認為應該先仔細審閱自己寫的這本書，把已完成的三分之二部分影印出來好好閱讀一番，剩下的三分之一就看自己事前已經寫下的故事大綱，以此來做個總整理，並要求自己做出一個總結出來。

接著我花了大約兩天的時間仔細閱讀和審核我寫的書，就像偵探小說家卜洛克所言，完稿應該首先交給他人看，而村上春樹每本書的完稿都是交由他妻子看，果然我自己看，再怎麼仔細也看不出個所以然。最後我看完後，自嘲也自認為這種作品根本搬不上檯面，不值得我再花時間賭下去了。於是我便決心捨棄寫作，重新找工作。

然而奇怪的事情，卻當著我的面接二連三的發生了。

我按照以前找工作的程序，一樣坐在電腦前，看著人力銀行網站上的職缺，有適合的工作，我就寄出履歷表和自傳。

原本一開始我還只是小試身手，覺得應該會像往常一樣接到面試通知的電話或是電子郵件回覆。然而卻都沒有回音，手機靜悄悄的，電子郵件收件匣也是空蕩蕩的，面對和以前完全不同的情況，我一時不知道該如何反應，還有我與家人的承諾怎麼辦呢？我不是說給自己一年寫書，若是沒有完成或是不成功的話就回來找工作的嗎？不是非常肯定的說「進可攻、退可守」嗎？那現在寫書完全停工了，工作卻是完全沒有下文，弄到前不著村、後不著店的窘境該怎麼辦呢？

隨著時間越拖越久，我別無選擇也別無他法，只能更緊張地寄了超過上百封的信件出去，卻同樣石沉大海、音訊全無。

在這段莫名的失業期間，曾有朋友鼓勵我不要放棄；可是當失業延長到近兩年的時間，再加上之前一年的寫書時間，誰能忍受一個才三十出頭的年輕人有幾近三年的職涯空窗期呢？我想任憑我再有耐心都會很想放棄吧！

我知道就像許多求職者掛在電腦前，長時間對著人力銀行網站不停地投遞信件，是一件非常折磨人的事情，尤其是像我不知道是什麼原因，導致如此的窘境更是讓我覺得痛苦。

我心想明明在履歷表上有做過修改彌補了空檔期，到底是什麼原因造成毫無回音的結果呢？是那個小人 Summer 趁著老闆叫她再徵人時在我的求職者身分上面做文章嗎？是不是她刻意在陷害我之後，還要趕盡殺絕，在我的資料上面寫出難聽字眼的字句嗎？是否是這個原因才讓我被求才公司避而遠之呢？

又或者是否是因為之前曾為了替被無辜虐待而死的小幼貓討回公道，參加動保抗議行動時，太過出頭，結果被那個精通電腦的施虐者報復，而在我的資料上面作文章，或是其他什麼我不知道的什麼手段陷害呢？

因為苦於長期毫無下文，我開始陷入了被害妄想的混亂猜疑中，雖然這麼說也於事無補，就算是他們真的有這麼做，我也沒辦法改變情況，畢竟敵在暗、我在明啊！

我甚至無助地檢查自己的手機是否壞掉？確認電話鈴聲沒有被調到靜音，還麻煩母親撥打電話給自己，確認是否真的會有電話鈴聲？我也一再檢查電腦是否有連結上網？連線品質是否穩定？當我一再確認之後，知道這些都一切正常沒有問題，我反而卻陷入了無奈的長嘆氣之中。我心裡不解：為什麼我的學歷在三十出頭就化為一張廢紙了？衛生紙還能拿來擦屁股呢！

其實，除了求職碰壁之外，我並非完全地被動不去找其他方法，我也和媽媽與姑姑討論過是否有其他出路可走？她們倆也都提供了一些不錯的主意。

媽媽和姑姑提到我那麼愛貓愛動物，或許可以創業去開一間寵物店，既可以營生，又與我愛動物的個性非常契合。

不過我告訴她自己當消費者的經驗，現在的時代和以前大不相同，現在的寵物店都是以知名的連鎖寵物店為主，東西齊全且種類繁多，比較受消費者青睞。

如果我開一間規模不大的寵物店應該撐不了太久，再加上，許多寵物店都有寵物美容的服務，那我該怎麼找到專業的寵物美容師呢？我想一想，這可能不是長久之計，如果開了會倒閉的話，那還不如最開始就不要去開，至少還不會租金加上員工薪水等成本大量的燒錢。

或許是因為我從未做過生意，在還沒真正開始創業之前，就會先想到許多的「不可能、做不到」給自己設限，以至於無法真正踏出第一步。

日後我在閱讀幾本特斯拉執行長的書籍時獲得了新啟發，這位以普及電動車在綠化全球環境做先鋒，而且發下豪語說要帶人類去火星的馬斯克（Elon Musk），之所以能夠獲得成功的關鍵原因就是因為他的格局夠大、敢於夢想與嘗試，且他屢次在書中強調「不設限是成功的關鍵，給自己設限是成功最大的敵人」。

＊＊＊

不知道是什麼原因讓我陷入了中年失業，我的人生彷如浮萍、隨風飄渺，未來的我該何去何從，我完全沒有任何主意。

而我的精神疾病更是讓家人覺得擔憂不已，我既嫌棄大醫院要等太久，不耐久等，讓我換了一間又一間，連最重要的服藥我也是吃吃停停的。等到了小診所，我又排斥裡面的醫生太過兇，對我只會責備與批評，覺得醫生是來加重我病情的，而不是真心想幫助我的，於是就連小診所我也不願意去了。

雖然當護理師的三姐幫我找的那間診所的醫生，的確是以責備與批評代替溝通與鼓勵，不過看看其中幾次的看診，醫生說的也不無道理，只是當時的我沒辦法參透罷了。

在我對醫生談到我又對家人發脾氣了，我說我感到非常後悔與懊惱，醫生卻提高音量對我斥責道：「只會後悔與懊惱有什麼用？又發脾氣了，然後咧？」他說到這邊就此打住，不再說下去了。

正當我想要解釋自己每次發怒的路徑就像是電線走火一般，只要我被什麼話或是什麼事情激怒了，就會馬上理智線趴一聲斷線，驟然間火勢即刻燃起，並且以極快的速度燒到一發不可收拾。

我只是想要解釋自己的脾氣來得又快又急，自己也很難控制，而這絕非我的本意要讓每次發怒都演變得像是戰爭場面一般，我也不想如此，所以我感到非常後悔與懊惱。

只是當下我被醫生嚴厲責備已經非常難受，我又如何向指責我的人來好聲好氣的這樣解釋呢？而醫生話也只說了一半，不會像我日後長期穩定看診的廖醫師那般，不僅態度溫和，又能給實質建議，因此，我根本無法參透這個兇的醫生是想要表達什麼？

這個醫生話只說了一半的實例還有一個，那就是當我告訴他我目前的要務就是趕快找到工作！結果他就馬上以強烈質問的語氣繃出一句話來：「為什麼要趕快找到工作!?」

然後他的話再次又在這邊嘎然而止，沒有任何的補充，甚至還給我一副「不可置信，你都幾歲了，該怎麼做跟自己先該做什麼，難道連你自己也搞不清楚嗎？」的表情。

然而愚笨如我，在患病的當下，我的確無法參透這樣話說一半的真正意涵，而話說一半便不再說下去真的是那個醫生的風格；要不是日後閱讀許多有關精神疾病的書籍與探討如何管控情緒的書籍，並在生活中實踐書中所學，才終於可以了解醫生只說一半的話所要表達的意思。

像是醫生質問我：「只會後悔與懊惱有什麼用？又發脾氣了，然後咧？」

我想他單純只是想表達：當我又再次發脾氣了，事後的再多後悔與懊惱都沒有用，且於事無補。

在我看過的情緒控管的書籍中，有一個方法，它是**以「提醒」自己為觸動以避免造成嚴重後果**。這個「提醒」機制是要先觸發，並動得比自己憤怒的爆發還要快，如果一旦發生了會讓我發怒的事情時，在電線走火火勢爆發之前，自己心中的「提醒」機制一定要立刻觸發，並且擋在這怒火引爆之前；接著讓「提醒」機制馬上告知自己：「看，你又要發怒了，望向快要發怒的自己，並且對自己說道你真的想再次發脾氣嗎？後果會是如何呢？對事情有幫助嗎？發脾氣完是不是丟臉還要善後？」

我們只要一生氣，腦袋就會停止思考，而且也無法真正解決問題，只會讓問題越來越糟糕。的確，每次只要我發怒，腦袋就像當機一樣不能正常運作，結果腦子停止了，只剩下嘴巴吼出來的大小聲，還有手部的破壞動作。一定要提醒自己，一旦我發怒的話，如果沒有「提醒」機制的話，自己就會變成比禽獸還不如的純破壞無機生命體，難道自己要這樣嗎？

至於另外醫生對我所說的：「為什麼要趕快找到工作？」我想他的意思是在對我說：「目前找工作不是你的第一要務，整理好你的身心狀況才是最重要的事情吧！」

的確，我在日後看到一則新聞說道，有個網友表示因為不堪太大的工作壓力與職場的霸凌現象，他已經離職了，但是卻不敢讓家人知道，也怕鄰居親友得知後會閒言閒語，對他議論紛紛，所以他每天都只能待在圖書館或是咖啡廳「假裝上班」，造成有家歸不得的情況。

這則新聞的事主表達他想先休息幾個月再重返職場，有些網友在下方留言表示贊同，不過卻也有一些網友表示說，休息可以，但是不要脫離社會太久，會悶出病來，網友提醒說悶太久會有精神疾病。

看到這邊我頓時心有戚戚焉，沒想到**我竟然長久以來忽視身心健康，才會讓病情一再加重**，直到看到這則新聞時才恍然大悟，原來當初我失業在家不只單單賠上我的收入與時間，更糟糕的是我連自己的身心健康也賠上了，才會讓自己精神疾病一再嚴重惡化下去，造成自己苦、家人也跟著受罪的情況。

因此，直到距離當初三十幾歲失業在家，一直到我四十幾歲時看到這則新聞，我才得知當時自己長期失業在家，真的會造成原本就有精神疾病的我的病情更加嚴重惡化，我實在太忽略身心健康了。

我當時原本以為自己只是有躁鬱症，當然脾氣大，再加上找工作毫無下文，所以自己變得更怨天尤人，但是絲毫沒有想過原來悶久了會悶出精神疾病的事情。

我原以為是我自己怨天尤人，但是事實上卻是自己把自己悶到病情加重而不自知。我根本亂無章法，任憑自己隨風搖曳，連自己**該先整頓好自己的身心健康**，等**到穩定後再開始找工作**，我想這就是那個醫生的意思，**只可惜我實在愚鈍而無法參**

透，連自己該做什麼事情的先後順序與輕重緩急都無法理出一個頭緒來。以至於後來我又再次鬧出一件大事，差點又要被再次強制住院——我想也就不會太意外了。

第十二章　大逆不道！毀損靈堂!?

就在我那兩年多失業的日子裡，我賦閒在家，即使我羞於承認，但是我也只能順理成章的當個伸手牌的啃老族，生活一切所有花費都只能靠家裡補助。

只是因為我們家在外出租給人的店面還沒有變賣，只靠租金要一家人一起用實在是不太夠，又或許是我自己一個人覺得不夠吧！

反正我這段失業的時間裡，只能伸手跟媽媽拿錢，不過一個月只有一萬出頭的錢實在是不夠用，尤其是對於我這樣有購物狂行為症狀的精神病患來講，根本就是遠遠不夠。

就在此時，我那心中一直埋怨的愛賭博的阿公正好也瀕臨癌末，我知道家裡的錢跟有租金收入的店面，都是靠他早期介紹人買賣土地賺來的錢，才能讓我們一家不用為下一餐的著落煩惱；不過也正是因為他的嗜賭成性造成嚴重經濟損害。因此，我對他的感情可說是又愛又恨。

當阿公癌末時，他在外面的老相好告知我們應該把他帶回去了，因為這樣病重的情況下，她實在無法好好照顧，於是我們就去把阿公接回來。

等到阿公回來時差不多已經進入安寧狀態了，他閉著眼睛，全身上下幾乎都不太能動，需要爸媽費心的照顧，而他們也的確非常地用心照顧。

只是瀕臨癌末的阿公也沒有拖太久，回家後大概只待了兩個多禮拜就蒙主恩召了。阿公就在我爸媽才剛參加完親戚的喪禮，接著在當天他也跟著佛菩薩去修行了。

在阿公頭一天離開的喪禮中，我不是沒有哭，我有感而發的說：「現在我們的阿公阿嬤都沒有了。」說完後，自己立刻淚崩，而三個姐姐們也被我這句話發出哭喊。

接下來的是漫長的守靈期間，不知道我又是怎麼回事？竟然會對早已離開人世的阿公動怒，做出了損壞靈堂這等大逆不道的事情出來。

由於早在寫書期間，我們在極為有限的預算下，賣掉了位在航空城的小公寓，而在北都的故鄉另行買了一間同樣狹小的小公寓，搬回來後和家人也住得比較近些。

只不過我就算住得近了，卻不像是來幫忙的，反而是來添亂搞破壞的，帶給家人的是無止境的「戰爭過後的場景」。

那天，我原本照著平常時那樣在爸媽家和我的小公寓兩地之間往返，不知怎麼的，我越是看到家裡堆滿過多的東西感到非常厭煩。我絲毫沒有想到該檢討自己有瘋狂購物的行為，反倒覺得這些所有的東西都是我的戰利品，沒有一件物品是可以丟的！那我需要的應該是一間更大的房子來放置我所有的寶貝物品。

此時，我腦筋竟然先動到才剛往生不久的阿公身上，我心想著：「倒不如我去跟媽媽說說看，現在阿公往生了，是不是可以把那間比較值錢的店面賣掉來換取金錢，這是能換房子最快的方法！」

於是我事不宜遲的騎著摩托車飛奔到媽媽家，一進入家裡後，便看到媽媽正在整理跟擦拭靈堂的桌面，我直言不諱的把這個想法告訴她；真不知道是否我太不懂禮數了，阿公都還沒送出去，媽媽怎麼可能答應我的要求，即使她心中同意，但是礙於在親友面前，阿公的靈堂在家裡一天，她就無法同意我的要求。

因此，一向對我的要求都會允諾的母親直接回答我：「不可能，現在的我沒有錢，沒辦法答應你的要求。」

因為很少會被母親拒絕，頭一次吃到閉門羹的滋味很是難受，我憤怒的吼了一聲後，就鑽進去原本是阿嬤的房間裡把自己關起來。我當時就像是要糖吃不到糖果的死屁孩，在那邊生氣、鬧脾氣，至於什麼禮數之類的東西根本不在我考慮範圍之中，因為整個人都被惡劣情緒給綁架了。

照著我平常的發怒路徑，我不可能就此罷手，相反地，我在房間裡坐立難安，坐也不是、躺也不是、站也不是。身體是這樣，頭腦更是完全被憤怒的情緒給淹沒了，腦子幾乎完全停擺，只想著我該做出什麼「大事情」來表達出我的憤怒？而且我這次要幹大條的，和往常不一樣的大事情，他們才會理解我的憤怒！

於是我任由情緒把我整個人牽著走，我幾近暴衝地往外衝出去，身體就像是一整個裝了過多瓦斯的瓦斯桶，隨時就會自爆！

根本還來不及看清楚在外面客廳裡有誰在，也不知道自己在那個房間封閉了多久，我一衝出去，看見相框裡的阿公正在對著我笑，感覺他正在笑我的無能為力，於是我的理智線馬上斷線，火勢一發不可收拾；然後我就衝到阿公的靈堂前，對著桌子大力一推，桌子上面原本排列整齊的東西亂成一團，我再補上一記猛烈的掃堂手，把大部分的物品都掃落下來，此時，我才感到滿意，覺得自己終於報了阿公在世時，我敢怒不敢言的一口悶氣了！

正當我轉身就走，想要離去時，我那壯碩的小叔叔一把把我抱住，姐姐們也圍了過來，不過他們不是要來問罪，而是哭著問我：「Gary，你到底怎麼了？為什麼會變成這樣？」

坦白說，我自己也不知道我到底怎麼了，正如我過著充滿疑惑的人生，心中對自己與這個世界充滿了問號，我只是循著往常的發怒路徑那樣，只是這次怒火大點，破壞程度也就大點而已。

我對著把我圍起來的他們憤怒地說道：「要不是阿公愛賭博，我們家今天也不會變成這樣！」

此時，就住在隔壁的姑姑也立刻趕了過來，她目睹到眼前的景象，本來脾氣就不好的她大聲喊道：「你們把他放開，我來跟他算帳！」

接著姑姑就像是要與我打架似的，一手抓住我的衣領，一手伸出來指責我：「他是我父親，你憑什麼對他這樣？」

我被問得更加惱羞成怒，就像是一隻大聲吼叫的鸚鵡複製她的話語，稍做一些改變後就把話頂了回去：「他也是我爺爺，為什麼他要對我這樣!?」

姑姑聽了後，繼續質問我：「說！我父親到底做錯什麼事!?你憑什麼對他如此？」

聽了她的問題後，我也就恭敬不如從命地開口宣讀阿公的罪狀了，我憤怒又急促的說道：「妳父親他敗光家產，還嗜好賭博敗更多錢，而且他在外面還有兩個女人！」

沒想到，姑姑無法攻破我前面說的跟錢有關的罪狀，卻抓住我的語尾反擊：「你自己還不是一樣在外面玩女人！」

本來我想說這些女人我根本沒花什麼錢，而且我還年輕未婚，玩女人有什麼不對的？但是看著姑姑憤怒的表情與激動的語氣，我可以感覺到她是真的處於一種非常憤怒的狀態，我覺得此時我最好不要再頂回去，這也讓我稍微收斂一點。

接著姑姑就叫三姐打電話叫救護車，他們決定把我再次送去強制住院。聽到那恐怖的字眼，那代表著我將會失去好一段時間的人身自由，之前那次被強制住院而被關在籠子裡的可怕回憶再度甦醒，我在心中吶喊著：「不、不、不要把我關起來，我絕對不要再被關在籠子裡了，失去自由的感覺比死還痛苦啊！」

就在我在心中吶喊著我不想再被關起來之時，救護車那刺耳的鳴笛聲再次響起，我在心中不斷重複著：「強制住院？關起來？強制住院？關起來？」這些字眼，終於我從盛怒之中突然驚醒，我想我必須做點什麼事，好讓我不會再失去自由。

隨車陪護的是個性比較溫和的三姐，我在車上一再地對她說道：「我知道我做錯了，我不應該破壞阿公的靈堂，我知道我這麼做真的是大逆不道，不過我保證以後絕對不會再發生這種事情了！」

三姐很專心的聽著，然後說道：「雖然不知道為什麼你會做出這種事情，不過要是你真心誠意認錯，我們家人還是會一樣原諒你、接納你的，只是你回去一定要向姑姑、爸爸和媽媽真心認錯並道歉才行。」

我馬上就承諾一回去後，我就會向他們認錯道歉的，而且我還說出我真正的心聲：「或許是我一時暴怒暴走，我總是無法管控自己的情緒，真的很抱歉。不過我一定要回去的原因是因為我真的真心承認錯誤了，我在想如果我真的被關起來而無法送阿公走，那我將會遺憾終身。」

我落淚繼續說道：「我是長孫，我應該替阿公持幡捧悼，阿公的神主牌我應該一路捧著到殯儀館為止，如果我無法參與這一切，不僅會抱憾終生，我想我不知道該怎麼做才能彌補自己所犯的錯，所以我真的必須回去！」

就在我陣陣慷慨激昂地發表我的言論之下，車子便在半路折返回家，我也終於如釋重負，感謝三姐肯接受我的道歉。

等回到家後，看到爸爸媽媽和姑姑三人正在忙著幫我所搞的一團混亂收拾善後，我則往他們走去，然後雙膝跪下，並對他們磕三個響頭，我落淚真心認錯，對他們說道：「**我這次的事情完全沒有可以解釋的地方，我推倒阿公靈堂的事情完全是我的錯，我承認這不僅大錯特錯，更是大逆不道，我對不起阿公，也對不起你們大家，我真心的認錯，希望你們可以原諒我。**」

聽我說完後，姑姑首先回應我的話，她比之前稍微平靜些，不過感覺她還是有點微怒，她說道：「你這次真的是錯得太離譜了，阿公才剛走，你竟然敢冒犯褻瀆他的靈堂，你知道你姑丈和叔叔們本來都說要打你，你知道你的行為實在是無法原諒的嗎？」

我繼續跪著哭泣沉默不語，我不知道該怎麼回答，不過我能感受到這次長輩們真的都憤怒了，於是我再次磕頭，姑姑見狀後說道：「雖然不知道為什麼你會做出這種事情，但是如果你真心認錯，並且保證下次不會再犯，那我們就會原諒你。知道嗎？」

我不停地點頭表示我完全了解了，最後才在爸媽的攙扶下緩緩站起來，終於結束了這場鬧劇。

第十三章　有房有車，五子登科？

發展出「個體心理學」並自成一派的心理學大師：阿德勒（Alfred Adler）曾經強調道：「我們不應該被自己的經驗決定，而是要從經驗中找出合乎目的的解釋。我們不應該被自己的經驗決定，而是要透過經驗意義來決定自己。」

阿德勒的論述掙脫了決定論的束縛，我日後在讀到他的書籍時頗有共鳴，且深表認同，他說道：「任何經驗本身都不是成功或失敗的原因。我們不應該放任自己因為經驗的衝擊而受折磨。當我們想把特定的經驗作為對未來人生的基礎時，很可能會做出錯誤的決定。意義並不是由狀況決定。我們應該透過賦予狀況意義來決定自己。」

依照阿德勒的論述，我當時在低潮時先失去喜歡的科技新聞編輯工作一事，既無法成為我成敗的原因，更不該成為定義我未來人生之路的決定性因素，它不過就只是我人生路上的一個小過路站，**我應該透過賦予它正面的意義來決定自己**。想想看，或許我當時應該停止悲傷，抬起頭來看看上天給我這個經驗是否有什麼更深一層的意義？我是否有別的更好的出路可走？我是否有什麼更好的機會可以獲得？

同樣的，根據阿德勒的說法，在我寫完書後立即面臨長期的失業，我不該就此怨天尤人，我不該被這經驗衝擊而受折磨，我更不該貶損自身價值，我不該發出負面能量去責怪別人、埋怨世界。相反地，我應該透過賦予它正面的意義來決定自己。

只可惜，當時我無知，不了解這個道理，把自己失業的遭遇牽扯到是阿公的過錯。我是我，阿公是阿公，我不應該如此懦弱膽小的把自己不好的經驗推到阿公身上去埋怨他，這麼做只會讓自己的弱小與無助完全暴露出來，就算是我發最大的脾氣，我的弱小還是暴露在眾人面前。

中國古代偉大的思想家老子就以水來比喻真正的強者，老子認為真正的強者就像水一樣，不管怎樣的打擊都無法改變水；如果一個人強大到像水一樣，即使當下看起來表面有一些動搖，其實根本就無法改變水。

我想當時只會用憤怒來表達自己的任何想法的我和水完全搭不上邊。我那看起來像是樹枝一樣尖銳且能傷人的破壞力，然而實則是外剛內虛，只要稍微用力凹折它，就會立刻斷裂破碎到無法再傷人了。我想我永遠都無法達到像老子所說的那樣像水一樣平靜無波，且面對再殘酷的打擊依然無法傷水分毫。

＊＊＊

儘管我在爺爺的喪禮上胡鬧了一場，破壞了尊嚴的靈堂擺設，但是我的父母還是一樣疼我，答應了我的要求，在爺爺過世百年之後，他們把那間最值錢的店面以小於市價、但是還算讓人滿意的價格，沒有透過仲介公司直接賣給一個阿姨介紹的人。

爸媽當初的原意是說，因為家裡人的確也很需要一筆錢來裝潢整修已經三十幾年都未曾再裝修過的房子，再加上他們也都同意我從不到二十二坪的小公寓換到大一點的房子，父母的原意是為了我以後結婚生子的長遠未來著想。

這些是他們的原意，只可惜我拿著雞牌當令箭，手上握有一大筆錢，要買房子是很容易的事情。我把父母的原意擱置一旁，一心只自私的想到自己，果然由儉入奢易；如果說賺錢很難很辛苦，那花錢應該就容易多了吧！

我這換到大房子，一換也換得太大了吧！竟然從二十二坪直接跳到五十二坪有樓中樓的大房子；當然房價也是三級跳。難怪日後我看過一些有關精神疾病（如思覺失調症與躁鬱症）的書籍，它們都提及精神病患者可能會不顧一切的胡亂砸大筆錢買房子，這個說法在我身上的確得到了驗證，確實是如此。

我得到這筆遺產後，立刻向媽媽伸手索取我要拿的一部分，儘管媽媽再三叮嚀我**這筆錢是死錢，在沒有另外的收入來源的情況下，再多的錢也會坐吃山空。**

不過我馬上就把她的話當作耳邊風，反而肆無忌憚地開始享受遺產所帶來的豐富物質享受，我表現得就像是一個中了樂透彩券頭獎的得主似的，好像是錢永遠都花不完的樣子，媽媽所說的會「坐吃山空」我已經遠遠拋在腦後了。

由於長期失業，讓我盡失顏面，不過**我再次選擇錯誤**，竟然妄想可以藉由這筆錢來幫我一吐悶氣，我想要朋友們也都把我視為有錢人，因此，我**高調炫富**，完全無知到不知道真正的有錢人越是低調才是。

我高調炫富的下一個舉動就是買車，這不是人一有錢了就會馬上買房買車嗎？我這樣做也沒有什麼不對的啊？當時我是執拗地這麼想的。

我口中所說的這次我要好好的買下我心儀的車子，就是不顧長輩們勸說開手排車很麻煩的忠告下，買下了俗稱「硬皮鯊」的 Subaru Impreza 4WD STi，而且還是以現金價買下來。

有了豪宅跟好車，我想這下沒有人敢看不起我了，感覺自己走路都有風了。而的確，朋友們當時也都把「Gary 現在最有錢了」這句話經常掛在嘴邊；雖然我不知道他們私底下會怎麼議論我，不過表面上的面子我是賺到了。

有了好車跟好房子，接下來我還想要什麼？我想當時在豐厚的金錢援助下，我一定過度的分泌多巴胺，因為它一直促使我產生無窮無盡的物質慾望，正是因為它就是欲望分子多巴胺。

當時我就宛如一夕之間致富的暴發戶沒兩樣，拿著錢到處花，花起錢來毫不手軟，眼睛連眨都沒眨過，接下來我就帶著媽媽陪我在亞洲周遊列國。我們以一個月去一個國家旅遊的節奏，大概在半年內去過了日本、韓國、越南、泰國以及新加坡和馬來西亞。不過這麼密集的行程，只怕根本是走馬看花，無法真正有所得，只是愚蠢的在社群媒體上炫耀罷了。

現在的我回想當初的確不該如此奢侈浪費，不過我這段帶著母親周遊亞洲列國的行為很難去評論是非功過，因為在寫作此書之時，我母親某夜在邊吃宵夜時與我聊天，聊到她這輩子就像苦命的阿信的故事一樣，吃的苦遠多於她真正享受到的樂，她現在七十幾歲，她說她印象中最深刻的就是與我在亞洲各國到處玩。

知道偉大又辛苦的母親真的是人生大半輩子都很苦命。年輕時，她只能認分地做所有的家事，還要照顧四個兒女，可說是相當辛苦，而且當時財政大權依然掌握在爺爺奶奶手上，她說他們是看不到也吃不到。而當爺爺奶奶相繼過世後，雖然家產換她掌控，不過她和爸爸倆人依然省吃儉用，等到我四十幾歲都終於走回正軌了，母親現在也都已經七十幾歲了，但是卻被我爸爸因為他的失智症而羈絆住，哪兒也去不了，所以當她說道她印象最深刻的就是與我周遊亞洲列國，我也很欣慰好在當時我有及時那麼做，否則等到像我父親那樣老人失智症加上巴金森氏症，想走去哪裡都無法成真了。

＊＊＊

我日後回想過去的自己，在遺產繼承下來之後所做的一切，幾乎沒有一件事是對的，問題就在於我不該如此奢侈浪費，因為我的父母親依然省吃儉用，改變太大太離譜的只有我一人而已。此外，我更不該妄想這些錢能讓我吃上一輩子，母親那句老話：「**死錢會坐吃山空**」，只希望能警醒我。

只可惜當時我根本被金錢迷昏了頭，妄想著金錢能讓我買下一切，因此我執迷不悟。很快的，我又沉淪在燈紅酒綠的夜生活裡，酒店變成空虛的我排遣寂寞的場所，我藉著酒精的催化下，讓自己浸淫在女人肉體之間。

然而我竟然沒有發現能陪我這麼玩樂下去的朋友們越來越少了，忽然間，我陡然發覺到：「怎麼身邊的朋友們都結婚了？」好像還在酒店夜生活徘徊流連忘返的只剩下我獨自一人，我警醒到：「哇！我怎麼**窮得只剩下錢**而已？」

我把這個煩惱告訴母親，她說她並沒有逼我要趕快結婚，不過我告訴她就算你們不急，但是我個人很急啊！我一副別人有，我也要有的熊孩子心態嚷嚷著說道：「妳看，連最內向的阿浩都結婚了，現在只剩下我一個人還沒結婚，而我已經三十五歲了，不小了，該怎麼辦？」

我想起以前的桃花運不斷，還曾經周旋在多名女子之間，那時候我好像把女生當成隨時可棄的免洗筷，用完即丟，分手時毫不留情。現在的我雖然有錢，可是緣分卻像是工作一樣都沒有下文，我在想這會不會是以前玩弄女孩子的現世報啊？否則我現在怎麼會連一個桃花運都沒有呢？

我想報應或許能夠解釋我當時又冒出的人生疑惑，明明以前我可以得手許多女孩子，但是卻毫不珍惜緣分，如今卻只求能趕快有一個卻是求之不得，我想這就是當初我玩弄感情的代價吧！

透過阿姨們的幫忙，我後來無奈地與三名或胖或醜的女子見面，不過最後不是我嫌棄她，就是她嫌棄我事業無成而不了了之。我實在是受夠了這種稱為盲目約會（Blind Date）的相親了，每次都像是被問戶口般似的拷問，於是我後來也意興闌珊了。

第十四章　原來我的緣分在越南

不過上天似乎無絕人之路，就在我極力覓求姻緣之際，它正從我未發覺的角落冒出希望來。

某天我開車載媽媽去山上拜訪外婆，這個行程再平常不過了，我也不知道我的姻緣將會在這個熟悉的地方發芽開花結果，我未來相伴十幾年的緣分，原來就藏在這個我再熟悉不過的地方等著我去發掘。

母親拿著一袋水果送給外婆，在她們話家常的時候，我便到屋子外面去抽菸，當我抽完菸後，我想說到旁邊的雜貨店買個飲料來解渴。

或許是我太久沒來了，原本店老闆是一位面熟的阿伯，怎麼今天換成是一對中年夫妻，我走到冰箱拿起我想要喝的飲料便走去櫃檯付錢，那個妻子有著一張看似不像是台灣人的臉孔，就連她找零錢回答我的口音也不是台灣人，這引起了我的好奇心，我在想會不會是近年來在台灣越來越多的越南新娘呢？我想她正是越南老婆吧！

而接下來他們倆的對話更是引發我對幸福的美好想像，先生坐在小板凳子上，對他妻子問到：「老婆，今天有什麼好吃的可以吃啊？我好餓啊！」

那名越南妻子回答說：「老公，今天我有煮你愛吃的牛肉河粉，我來拿給你吃。」

雖然這是一段再平常不過的對話內容，但是卻觸發我對幸福的美好想像。我不是沒有和以前的女朋友以老公老婆相稱，不過在我崇尚追求只享受肉體上的短期關係之時，像這般老公老婆以互相關心每日三餐為主的對話內容，正是我長期缺乏的對話關係，雖然女孩子交得不少，不過似乎還沒有人這樣每日為我煮三餐啊！

這段簡單的對話便深深埋在我心中，我想說或許娶越南新娘也不錯，至少她們比較願意吃苦耐勞，娶妻就是應該娶賢慧的。

後來我就把我的發現與觀察跟心得感想分享給母親，母親聽了之後不置可否地表達她支持我做的決定，只要那是有益的。

山上的人家幾乎都是外婆的遠親或是近鄰，我們很快就找到他們家，而那個越南妻子叫做金鳳，她的公婆正好是外婆的遠親，所以我們很快就進入主題，不用客套話。

我親口對金鳳公婆說出我前日的發現，我說我已經很久找不到緣分，所以希望能透過他們的幫忙介紹給我認識。

他們告訴我的確是有個人選，她是金鳳的姪女，非常乖巧懂事，而且長得很可愛，個子小小的，和我非常搭配。公公說道，這個女孩子叫做明英，她現在還在讀大學，與你差不多相差十二歲，和你是同一個生肖的。他問到：「你是否有什麼條件？」

我一聽說道：「聽起來很不錯，只要乖巧懂事又可愛，這樣就夠了，我沒有什麼條件，只要能愛動物就好了，因為我養十隻貓咪。」

公公的大女兒一聽驚訝不已：「你養了十隻貓咪啊！那麼多！」

我回答她說：「貓咪是陪伴我的靈魂夥伴，所以我無法忍受女孩子不喜歡我的貓咪。之前曾經被一個女孩子罵我養那麼多貓咪很噁心，我立即當面臭罵她一頓，並要她自己回家，從此老死不相往來。所以我唯一的條件就是要喜歡動物，這也是希望她是本性善良的女孩子。」

大女兒聽了後拍胸脯保證，她說道：「你放心吧！我們家之前跟金鳳去越南時，拜訪過明英的母親，也是金鳳的大姐，他們家有養許多狗狗，大部分也都是明英在照顧的，所以我可以保證她一定愛動物的。」

我聽了後大喜：「那就太好了！只要喜歡動物就好了，我這一關通過了。」

接著我們商量許多有關擇期與時間、交通安排、地理位置、住宿等等更多仔細的詳情。由於金鳳的公公婆婆也是越南的識途老馬了，交給他們家來辦，我們可以非常放心。

再過幾天後，我接到大女兒的來電，她告訴我金鳳已經把這個消息告訴在越南的明英及她母親，雖然倆人因為捨不得而相擁而泣，不過母女倆最終還是點頭同意就是了。她問我的意見，如果確定後就決定這麼做了。

沒想到會來得這麼快，說要成行已經變成即將要出發的狀態了，於是我想了一下後就對她說道：「那就照著約定時間如期舉行吧！」

約定的日期與時間，是在下個月的月初某日中午時間，抵達位在南越的胡志明市，而明英與她的家人也會從距離胡志明市要三個小時車程的永隆省，上來本市以華人占多數的第五郡的旅館與我們會面。

我懷著忐忑不安的心，但是卻又既興奮期待的心情，搭機前往這個位在東南亞的國度，我不知道我做的這個決定是好是壞？會把我的人生帶往何方？這些我都沒有答案，因為它需要時間來證明。

我只知道娶外國老婆不是那麼不可思議的事情，就像我年輕時在澳洲早就經歷了與不同種族的人相處之道，而且我的人生終究是個大問號，我就勇敢地嘗試讓生活有點不同，看能不能激發出怎樣的漂亮火花？

＊＊＊

飛機從台灣起飛後差不多三個小時的航程會抵達胡志明市，日本通的姑姑說這差不多就跟飛日本東京差不多的時間，不會讓人太疲憊。

海關跟拿行李一關一關的過後，我心中那兩種矛盾的心情又在拉扯，我既感到不安又感到十分興奮，於是我選擇站在行列的最後面。雖然我在台灣早已看過她的照片，不過還沒看過本人，我決定要先採遠距離來觀察她長得怎麼樣？

接下來我的逗趣反應非常好笑，時時成為我們夫妻倆日後親密時的話題。就在我選擇站在隊伍中的最後面位置觀察時，我一眼就看出那個穿著白色洋裝、綁著可愛馬尾並戴著小巧眼鏡、一副學生稚氣未脫的女孩就是女主角：明英，她還沒看到我，正在跟大家打招呼，我看到她正符合我所預期的那樣可愛嬌小又年輕，便逕自加快腳步，從隊伍最後面衝到隊伍最前面，咻一聲出現在她面前，我立即伸出手與她握手，並說道：「妳好，明英，我是Gary。」

或許是我突然之間出現，她有點嚇一跳，不過也馬上露出微笑與我握手致意。我們一群人便往下塌的旅館出發，大家的房間看來都已經安排好了，我們一半是台灣人、一半是越南人，但是關係卻非常緊密，因為金鳳和她一樣在台灣的妹妹金燕的姻親關係，等到我娶了明英之後更是親上加親了。

用完晚餐後，明英的大舅舅召集大家到她們母女倆的房間，原來他是要主持我跟明英的相親，這可是第一天的重頭戲，因為我已一見鍾情、打鐵要趁熱啊！

他首先用越南話問我，再透過金燕的翻譯：「Gary，你喜歡明英嗎？」

就在我在機場一馬當先衝過去握手時，我早已拋棄羞怯，立刻點頭回答：「是的，我很喜歡她。」

接著他又轉頭對明英問道她是否喜歡我，明英也答道她喜歡我。

再一次，大舅舅對著我問：「那你要與明英結婚嗎？」

沒想到會來得這麼快，我立刻回答說：「我願意。」

而明英的答案也是肯定的。

接著她大舅舅就對著大家宣布將照著約定計畫在已選好的日子、也就是後天舉行結婚典禮。

然後我和明英即使有語言的隔閡，依然互相對望著，給彼此一個笑容。

她舅舅則在此時拍拍我的手，用一半英文告訴我要努力生多一點小 Baby，我也伸起拇指比讚認同。

由於婚期是如此的接近，我第二天就和明英為了婚禮籌備四處奔波，一下要選結婚禮服、一下要選鞋子、一下要選飾品，待會兒還要去找化妝師跟攝影師，這些都是隔天結婚典禮上需要用到的。

第三天正是最重要的日子，是明英的家人在越南找人看過並選好的好日子，我們大家都起了個大早，一起參加這場婚禮。

明英最辛苦，一大早就要坐好不動，讓化妝師替她化妝，結束後又要穿上結婚禮服，我則簡單輕鬆，穿上西裝、繫上領帶後，就在一旁認真的看正在忙碌的明英。

而此時，在旅館房間內，我看到牆上貼紙喜氣的紅紙祝賀新人，而床上則擺放著象徵肉菜果糕餅等等傳統越南文化結婚禮俗之物，我們在這間充當我們新房的房間內拍照，以及交換戒指；沒想到，我完全無法把明英的戒指套到底，明英卻一次就成功了。這是否意味著以後我會怕老婆、被她吃定了呢？

結果日後我真的成為一個怕老婆的男人，老婆則是我的人生導師。我很欣慰當時老婆能把戒指套到底，讓我成了一個妻子管好好的男人。

再來就是今天的重頭戲，我們大家都到了指定好的餐廳，我們倆坐在主桌，直到目前為止所發生的一切都顯得不太真實，可能是因為一切都發生得太快了，快到我來不及消化，所以我才會感到不太真實。

不過當我們站在舞台上，倆人準備一起倒香檳杯塔時，結婚典禮音樂大聲響起時，我竟然有股濃烈的感動到想要哭的衝動，就在此時，我終於有了「是的沒錯，我結婚了！我的身分不一樣了。」

婚禮結束後，終於來到我認為是我們倆個新人的真正重頭戲，古人所說的：「春宵一刻值千金」正是在描寫像我們這一對新人的第一天的男女共處時刻。我跟明英的第一天也是非常有趣且令人難忘的經驗，每次在我們親密時提起，就彷彿在倆人的幸福上添加了醍醐味。

明英是他們口中保證的處女之身，而我則是經驗豐富的老江湖，因此我決定要先好好逗逗她，挑起她的性趣。

我在床上像是一隻飢餓的狼一樣，臉上帶著不懷好意的表情，一副「我要把妳整個人吃下去」的模樣，手腳一步步往前爬、向她逼近。可能我的表情太過火了，以至於沒有經驗的明英在被逼到床頭角落時，竟然突然屁股往後退兩步，我見到她還想要躲更是興奮，快步逼近她，將她壓倒在床上，而她放棄抵抗，也不再躲了，最後還是把她整個人交給我。

就這樣，她把她的初夜交給了我，我除了感到高興之外，也深深覺得我要好好珍惜她才是，因為她不只把她的身體交給我，連她整個人都將陪我飄洋過海飛來台灣伴我一生。

日後我們倆人在親密時，我常常會笑嘻嘻的問她：「為什麼那時候要躲我？」

她也總是回答說：「因為你那時候看起來很色、很恐怖。」得到滿意的回答，滿足了我的征服感之後，我再輕柔地撫摸她的頭髮，再次宣稱：「妳整個人都是屬於我的。」。

＊＊＊

接下來的半年內，我至少還得要跑好幾趟越南，多半是為了辦理結婚文件，要不就是為了與越南官方面談，而最重要的是最後一次與台灣代表處進行面談，它將決定越南老婆是否能馬上來台團聚，或是還要再花時間等下次機會。

在辦理手續時，我也逐漸增加對越南的了解，我知道了越南的最主要族群就是我老婆所屬的「京族」，而我在文件上則寫著「華族」，所以在意義上，我們倆人不僅是跨國婚姻，更是跨種族的婚姻，而我們倆的兒女們是名副其實的混血兒。

越南最主要的語言是叫做 Tieng Viet 的越南語，它是來自於其國內最大的京族人所使用的母語。稍微對於越南有點了解的人就會知道，越南自古以來長期當中國的藩屬國，所以其受中華文化影響頗深，越南語因為過去曾大量使用漢字，那你們可能會好奇是什麼時候改成我們看不太懂、也不太會念的羅馬拼音文字呢？

那是在十六世紀末經由西歐傳教士傳入的羅馬字來書寫越南字。而在一九四五年胡志明建國後，隨即宣布採用越南語 Tieng Viet 和越南羅馬字為官方語言的政策。從此，越南語 Tieng Viet 和越南羅馬字取代法語、漢字而成為當今越南唯一的口語和書寫語標準。

種族語言雖然不同，但是同為亞洲人的我們卻共享許多共同的文化風俗習慣。例如像是宗教信仰，我和明英最大的共同點就是我們都來自於信仰佛教的家庭。而佛教在越南是最大的宗教，並在十世紀時被封為國教。

老婆深受佛教的影響，來到台灣後一樣虔誠地禮佛拜拜，而且她受到她外婆的妹妹終身吃素的影響，她也選擇在每個月的初一十五吃素拜拜。我是覺得這樣心靈有個寄託是件大好事，所以也深受她影響到處拜拜。

十一年前我們在胡志明市辦結婚，雖然俗稱西貢的南部首都非常繁華，但是像是捷運系統或是輕軌列車這種大都市的公共建設其實還沒有，而最新消息是在胡志明市已經有先進方便的捷運可以搭乘了。

在這半年內在越南境內活動的交通選項多是以計程車、包車、摩托車這三種為主。它們被使用的情境大多是如此。

當有長途旅行的行程時，我們會選擇包車比較划算，例如像是我們一下飛機後要從機場到她老家永隆省，還要約三個小時的車程時，我們就會選擇包車。

而計程車的使用情境則大多是在胡志明市內，用來出遊、逛街跟吃飯。至於摩托車則大多是在明英位於永隆的老家裡使用比較多，它其實不分長短途，只要你肯付錢，告訴他地方，司機就會載你抵達目的地。摩托車的好處就是它的機動性很強，能夠深入一些越南鄉間非常狹小的小路，這是越南的特殊國情，所以摩托車在鄉下扮演重要的角色。

講到摩托車，不得不提到越南的摩托車數量，真是多到讓人有密集恐懼症的程度，而在胡志明這種大城市雖然車子也很多，不過整體而言，還是以摩托車占大宗，畢竟車子太貴，一般人負擔不起，不過摩托車就是相對便宜的選項了。

的確，外國人剛開始看到越南摩托車的數量那麼多，再加上車子的話，常常都會覺得在越南過馬路就像是對生命的挑戰。其實我們倆試著在胡志明市過馬路，發現到其實不如想像中那般恐怖。雖然看起來交通好像很混亂，但是不得不說他們的確亂中有序，雖然喇叭聲叭不停，但是聽我老婆親口詢問幾位司機，他們都異口同聲地表示喇叭聲是用來提醒用路人的；不像台灣按一聲喇叭就好像是要馬上下車幹架。所以其實我們要過馬路時，車子的車速並不快，而且駕駛看到有人要過馬路時大多會放慢速度。

此外，越南還有自己的獨特生活習俗，例如我到老婆在永隆的鄉下老家，發現越南人很喜歡席地而坐，聽老婆說是因為越南人認為貼近土地有很多好處，可以除去人身上的一些疾病。我聽了後立刻就嘗試學他們席地而坐，不過撐沒多久，果然就因為屁股痛而放棄了。

前面幾次赴越南辦文件與面談雖然是重要的，但是事實上卻還不是最重要的，最重要的一道關卡就擺放在最後面，因為我們倆將要和台灣代表處的官員面談，結果將會決定是馬上中獎，還是繼續努力、再來一次。

因此在面臨到這道最後關卡時，一向對於應試顯得老神在在的我也不禁感覺到緊張的氣氛，因為聽說有許多對夫妻在這關鎩羽而歸。雖然我一再對老婆強調要平常心，不要太緊張，不過自己也是頗難以真正做到淡定以對。

終於輪到我們倆人，我們進入房間後在辦公桌對面的沙發上面坐下來，是一名女性官員在問我們問題，她旁邊還有一個越南女子擔任口譯。

事實上，女官員並不如我想像中來的那麼可怕，相反地，她語氣和緩的問我們問題，也提醒我們不要緊張，感覺她不是那種刻意要為難別人的官員，反而是在判定允准與否之餘，她是想合媒妁之緣的人。

其中令我印象最深刻的問題，就是她為了要考驗兩人是否有真正相處過，她叫我們倆背對背即興表演一段兩人通電話的情境。我也直接就講到最近聽說明英的外婆身體不舒服的話題，這樣記憶清新，而且話題比較能夠持續得下去。結果我和老婆兩人就像是平常一樣在對話那般，兩人都一樣中越文夾雜著用來互相對話，女官員在一旁卻讚美有佳，因為她說道這表示我們倆人是真正有密集相處過，才會在短短半年內即使聚少離多，兩個人對於彼此語言卻能累積相當的詞彙量。最後我們的面談結果當然是順利通過了，還讓我喜極而泣，抱著老婆一起哭，因為我高興的是我們倆將不會再分開，以後就能在台灣永遠聚在一起。

第十五章　唉！還是露出馬腳了！

的確，我跟我媽都很慶幸我在越南時的表現沒有失常，因為我的精神疾病還是伴隨我身，不是說能夠藉著什麼沖喜之類的東西就能把這難搞的疾病給沖洗乾淨的。或許我在這半年內進出越南那麼頻繁卻沒有出現失常表現，大多是因為我沉浸在新婚的喜悅之中，而且我和明英還處在熱戀期當中。

只是回到台灣這個我再熟悉不過的地方，我的馬腳就露出來了。每次發怒時都不顧對象是誰，也不管有誰在場，總是先發飆了再說。

儘管媽媽一再交代我說，明英才剛來台灣，她那麼年輕又人生地不熟的，我一定要控制情緒，不要隨意亂發飆，否則會把明英嚇到的。雖然我也和媽媽允諾我會控制好脾氣，不過等到事情來了時，還是馬上破功，我恐怖又醜陋的一面立刻顯露出來。

當時和明英一起搭機來台灣的還有她的外婆，她的外婆之所以會來是明英的兩個在台灣多年的阿姨們的主意，我想說那我就順便幫忙帶兩個從未坐過飛機的人來台灣。

只可惜，她的兩個阿姨對我的認識不深，不夠了解我是怎樣的人。她們以為到台灣後可以把她高齡的外婆交給我照顧，載她們嬤孫兩人到處走走；只可惜她們所託非人，我不是她們所想的那種好人。

因此在大家一抵達台灣，金鳳跟她台灣公婆及其大女兒拜託我，要載外婆到處走走看看，我就立刻委婉地說道我那台車子速度很快，不適合老人家乘坐。我講的是事實，可是她們卻說是我那樣講代表我不願意這麼做。要這樣說也是沒錯，的確我也不想載著老人家在我這台 Subaru Impreza 4WD STi 上面，害得我車速只能開得很慢。

或許我是個不懂得幫忙照顧對方老人家的王八蛋，不過倒不如說是她們對我的了解不夠深。首先，當時的我很少有照顧老人的經驗，更何況大家都有語言的隔閡，我還在適應這種失去語言卻要相處在一起的新模式，光是我年輕的老婆只能說上幾句話就讓我頗為頭疼了，可是我幫你們把人帶來台灣，卻把她丟給我負責照顧，有給我機會詢問我意見嗎？

再來是男女私密之間的問題，我單身時間已久，以前遊戲人間時與許多個女生打過交道，所以我很注重在與女伴外出時能否隨時親密接觸？可是你們硬塞一個老人家在我的車上當一個大型電燈泡，這樣子我怎麼和明英保持親密呢？當你們要硬塞一個人給我有沒有顧慮過我的感受呢？

我們還在熱戀中，還想要多些兩人獨處時間和空間，你們怎麼沒替我想到這點呢？

我把這些問題告訴媽媽，甚至說到金鳳他們一家人硬逼我這麼做，讓我不堪其擾。

結果就在某天，大女兒一通電話又打來，開口就是要我帶她外婆去哪裡哪裡，忍受已久的我此時理智終於斷線，電話是媽媽接的，不過我大聲在一旁咆哮的聲音蓋過她們的對話聲。

沒多久，在市場做生意的大女兒，她也是火爆脾氣，立刻衝到我家來找我算帳。有時候，如果我認為自己沒錯時，脾氣不僅不會收斂，而且可能會越燒越旺。

很快的，兩隻火爆脾氣的物種就大聲地吵了起來，她大聲斥責我，說他們家與我非親非故的，為什麼我膽敢在那邊咆哮？我則斥責她莫名其妙，整天都在叫我載誰去哪裡，把我當司機？

兩個人吵架都在比大聲比氣勢的，我不確定她是否有躁鬱症？但是我很確定我自己真的有這個毛病。尤其是在我執拗地認為自己沒錯之下，我更加不願停止發飆，即使我看到媽媽已經坐在沙發上安撫著看起來像是嚇到的明英，但是我仍然繼續下去，最後我一手把自己家供神桌上的三尊神佛像一把掃下來，所有東西摔落地面，這場景終於讓明英嚇到哭出來。

雖然我在發飆時六親不認，不會顧慮在場的人的感受；但是日後回想一下明英的立場，就能夠了解她為什麼會哭了。

首先我在越南時從未表現失常，在她眼中，我是那麼活潑愛開玩笑的人，怎麼會一到台灣我就整個人走樣了？雖然我不是對她動粗，不過我發飆的行徑也足夠讓她嚇到哭出來了。

＊＊＊

果然再來我們倆人的相處就離不開爭吵了，剛來台灣時，她眼見我發飆的恐怖情況，在我們怕嚇跑她而還未對她公開我有躁鬱症的事實前，她應該就像是以往我的家人那樣把我解讀為：只是脾氣大吧！

才說兩人還處在熱戀期需要單獨相處時間，現在真的兩人二十四小時在一個屋簷下每天住在一起，如願給了我滿滿的時間，我們卻時常發生吵架的事情。所以說還從未真正經歷過男女兩人一整天都相處在一起的婚姻關係，兩人是完全不同的個體，裡裡外外完全不同，不同雖然會擦出愛的火花，但是也時常會出現擦槍走火的意外出來。

再加上我們倆人剛結婚沒多久，根本還不了解對方，所以爭吵很快就替代了原本的甜蜜蜜，吵到人盡皆知，警察還上門好幾次。

而且每次我們兩個新婚夫妻吵架都搞到勞師動眾的，家人們都得要來我們家幫我們當和事佬。

第十六章　兒子出生了，對祖宗有交代了

儘管我們剛結婚常常吵架，不過傳宗接代方面的事情我們依然很努力「做人」，我希望能越早有小孩越好，不過明英來台灣都已經一年多了，肚子都沒有消息。

後來，三姐帶我們倆到婦產科醫院做檢查，她找的醫生是專門對付不孕症的專業醫師。

劇情蠻戲劇性的，我們本來是為了檢查倆人是否是不孕症體質，結果竟然出乎我們意料之外。

明英首先驗尿，她完事後我們都沒有多看就交給護理師，後來輪到我們看診時，醫師突然間以和緩的語氣說：「你老婆已經懷孕了。」

我聽了後呆住，心想我們不是來看不孕的嗎？「等一下，剛剛醫生說了什麼？我、我老婆懷孕了!?」

我藏不住心中的喜悅與興奮，高興地問道：「真的嗎？我老婆懷孕了？」醫生拿出剛剛的試紙，我們很自然地靠過去看，醫生指著試紙上不太明顯的線條說道：「你們看！雖然不明顯，不過這上面隱隱約約可以看到有兩條線。」

我緊張地靠過去看，發現醫師說的都是真的，試紙上果然有兩條線，雖然不清楚，但是那兩條線的確存在著。

我轉頭對著老婆說道：「老婆，太好了！妳懷孕了。」老婆也非常開心的笑著。

接著醫生叫明英躺在床上，他要用超音波做檢查，而我們也得以更清楚地看到影像。他在明英的肚子上擠出一堆顯影透明膠，接著以熟練的手法在肚子上滑動。

醫生對我們說道：「你看，這裡是子宮內部，在下面有個小黑塊，這個就是胚胎狀態的嬰兒。」

我仔細一看，高興地說道：「真的耶！有個胚胎狀態的小黑塊，那就是我的小孩嗎？」我內心突然湧出一股暖流，心中感到暖暖的，感動的淚忍不住地流下來。

我盯著螢幕目不轉睛的看，看到小胚胎噗通噗通地動著，我不禁感動得說道：

「生命真是奇妙，沒想到這小小一塊的胚胎就是我孩子，以後他會慢慢長大，不過沒想到生命是從這麼小的型態開始。太感動了！」

沒想到，竟然第一次就發現到明英懷孕了，這真的使我喜出望外啊！

接下來，我們遵照《媽媽手冊》上的規定去婦產科醫院規律做產檢。每次來，我都感到興奮不已，因為可以看到我的孩子，他是我的心肝寶貝。

隨著每次的產檢，胚胎在子宮裡漸漸長大，一次比一次更加成長茁壯，我看到他漸漸長大，心中充滿了喜悅，是為人父的喜悅。

越來越接近預產期，我們是第一次為人父母，並不清楚分娩是什麼一回事，有很多東西我們都不曉得。

那天我在樓下的主臥室床上睡覺，突然間，我感覺有人觸碰我的手，有人在推我的手，然後我聽到有人說：「老公，我肚子痛，很痛很痛！」

這個聲音是我老婆，我趕緊起身，大力揉眼睛來盡快甦醒，我說道：「什麼？妳肚子痛？怎麼回事？」

老婆帶著忍痛的表情說道：「快生了，可能快生了，肚子很痛、一陣一陣的痛。」

我緊張的說道：「妳快生了？怎麼不早點叫我醒來？這樣不行啊！」

老婆說道：「我怕吵到你，所以沒有叫你。」

我趕緊起身，說道：「沒關係，妳應該早點叫我，開始痛的時候就該叫我，我是你老公啊！我該在旁邊守護著妳。」

此時是冬天，我穿起外套，拿起包包，把車鑰匙拿著，小心翼翼地牽著明英的手，她痛得受不了，移動非常緩慢，我慢慢地扶她走到停車處，並慢慢將她安頓在後座。

接著我發動車子，此時是凌晨五點多快六點，Subaru Impreza 4WD STi 發揮了它速度上的優勢，一路上我緊張不已，就怕明英可能會在車上分娩，所以我不斷超車，還闖了幾個紅燈，原本半個小時的車程，結果我只花十幾分鐘就抵達婦產科醫院。

到了醫院後，明英已經痛到要坐輪椅了，我一樣非常緊張，又對老婆所受的疼痛心疼不已。

到了二樓的產房下，院方緊急通知我們的女婦產科醫生上來，她也火速趕到。我也一起進入產房，因為是我第一個孩子出生，我怎麼可以錯過。

女醫師不斷地對老婆喊著：「用力、用力、加油！」

老婆一下子發出疼痛的哀嚎，一下子遵照醫師叮囑，用盡全身的力氣往下擠。

我看到胎兒在老婆肚子裡面慢慢往下移動，有個壯碩的男醫護人員以手臂的力量用力的在老婆肚子上推擠，老婆突然間發出痛苦的哀嚎，我看到她這樣，心疼流淚。我覺得女人真的很偉大，生小孩的劇痛是男人無法想像的，難怪兒女的生日就是「母難日」。

終於孩子在大家通力合作下出來了，這是他與世界的第一次接觸，我在心中說道：「我兒啊！歡迎來到這個世界！你是我的心肝寶貝。」

我們倆是新手父母，育嬰的經驗值是零，什麼事情都是慢慢摸索來的。像在坐月子中心，護理師教過我們如何包尿布和泡奶粉及親餵母乳等等，透過不斷的練習，我們才算做得不錯。

而第一次幫兒子洗澡時，老婆手發抖，她說道：「他軟軟的，我不敢洗。」

我則為父則強，一把抱過來幫我兒子洗，他的身體好小好小，我感覺好像以前在幫我的貓咪洗澡一樣，我告訴老婆說道：「沒那麼難，就好像是在幫狗狗貓咪洗澡一樣，不用緊張。」

兒子是我們的第一個孩子，我們每天都細心呵護他、照顧他，拿起手機拍下兒子每個可愛的表情與笑容，也拍下他的成長點滴。我們把他疼如寶。

隨著兒子的出生，好事好像不斷來臨。依然處於待業中的我竟然得到一個工作機會，真可謂雙喜臨門！

二叔叔自己開了一間公司，已經經營了十幾年，他算是大盤商，商品包括像是餐盤、碗、鍋、刀叉筷子等等種類繁多的餐飲業所需的餐具，公司的客戶分布在北中各地（沒有南部地區因為太遠，不符合成本）的大小餐廳與旅館飯店業者。

那時他生意不錯，需要再多雇用一個送貨司機，於是他就找上了我，長期失業的我終於得到一個工作機會，我當然感到非常高興。

一開始我有點不太適應，只是我覺得搬重物對我這種軟腳蝦的人來說是非常的吃力。

但是我會想著這份工作好的一面，像是我可以開車到處跑，對於喜歡開車的我，這是工作中最有趣的一面。此外，再次有薪水可以領、有工作可以做的感覺更好。

雖然早期是拿筆工作的，現在是勞力工作，不過我看過許多書的作者也曾經從事送貨司機或類似的勞動工作，例如作品帶有濃厚現實主義與社會主義色彩，曾寫過《野性的呼喚》（*The Call of the Wild*）的傑克．倫敦（Jack London）。因此我從他們身上找啟發，並不會覺得是件丟臉的事情。

沒有人是十項全能的，當送貨司機這份工作並不簡單，我剛開始不會備貨，都是老實的同事阿良幫忙我備貨。此外，我有一個罩門，那就是我是很嚴重的路癡，去哪裡都需要使用導航，否則我哪裡都去不了。我常常跟老婆開玩笑說：「我只要離開家一上路，就會馬上迷路了」，這麼說其實一點都不誇張。

有錢可以領，而且薪水跟以前當記者和編輯差不多，都是四萬出頭，所以我一做了這個工作就抓住不放。而且同事都不錯，他們都是五十歲左右的人，不會像以前那些二十幾歲的同事那樣搞霸凌，叔叔公司小，但是五十幾歲的同事：會計王姐和司機阿良都把我這個三十幾歲的同事當作弟弟看待，對我都很好，和他們相處非常融洽。

第十七章　終於開始接受正規治療

從結婚之後，雖然一切看似逐漸好轉：生了兒子，又得到一份穩定的工作，然而我的精神疾病依然糾纏著我，這個病根本紮根在我身體裡面，是如此的根深柢固。

而且我從之前斷斷續續地去就醫之後，後來覺得麻煩，根本就沒有規律的接受治療，因此情緒還是常常暴走。

姐姐們說我跟家人還有鄰居的關係都不好，她們苦口婆心勸我去就醫，而且最後溫情喊話：「我們都願意等你。」

好不容易花一大筆錢買了一間有樓中樓的、占地五十二坪的好房子，如果真心喜歡這間房子，應該努力守護它，而與鄰居的關係非常重要，但是我卻任由我的情緒暴走，和鄰居常常吵架。

一次我騎車載老婆去買宵夜，要進入我們社區要騎一小段爬坡，這個坡道非常的狹窄，大概只能容納一輛車而已。

那天我們騎車上了這個坡道，結果一輛車子突然以蠻快的車速下坡道，而我們要上坡道，狹窄的坡道不容兩台車同時通過，於是那台車與我的摩托車發生碰撞，兩台車撞在一起。

我的摩托車立刻倒在地上，而我和明英也倒在地上，車子駕駛還沒下車，我就已經理智斷線，立刻暴怒，我大聲怒罵：「×××××（五字經）！你是怎麼開車的！？給我下來！給我下來！」

明英拉扯我的衣角，提醒我不要太過火，不過我沒有聽進去，依然大聲的咆哮。此時，駕駛探出頭來，他以厭煩的語氣大聲說道：「你在兇什麼啊？你在吼叫什麼啊？神經病！我又沒有說不處理。」

我依然在大聲吼叫罵他，駕駛以更不爽的語氣回擊：「叫叫叫、神經病，跟狗在吠一樣！」

沒錯，我就是這樣子，或許他說我是神經病也沒錯；發生了車禍，沒有照著慣常程序來處理意外，卻只會一直大聲吼叫。

另外一次是有次我樓上的鄰居在整修房子，結果突然間，鏘鋃一聲，好像是某個有重量的金屬物掉落下來，然後啪一聲，那個金屬物直墜到我的後院，砸中了玻璃屋頂（那邊是曬衣服的地方），結果一片玻璃就這樣整片破碎掉落下來，危險的玻璃碎片撒滿整個後院。

我看傻了眼，不敢相信眼前所發生的一切，怎麼會無端在家、招來橫禍。我的怒火中燒，馬上就跑去樓上找鄰居算帳。

沒錯，除了他們家之外，沒有別人了，他們家在我正上方，是我二樓鄰居，而且他們家這陣子一直在裝修。

鄰居太太打開門之後，我以不悅的語氣說：「你們家在裝修，可是你們的師傅剛剛掉落一個金屬物砸破了我的玻璃屋頂，你們下來看一下吧！」

她家裡的三個師傅還互相看來看去，好像一副很無辜的樣子。我帶著他們一行人到事發現場看。只是沒想到，三個師傅看完後竟然異口同聲的說道：「那不是我們用的。」看起來像工頭的男子說道：「應該不是我們用的啦！我不知道怎麼會這樣？」

我聽到他們三人竟然敢集體否認，頓時大為光火，立刻暴怒，我大聲問道：「所以你們都不承認囉？你們是不打算賠了？」

我轉身拿起家庭電話：「不賠，是不是？很好啊！那我就報警處理。」

我把電話的電源鍵打開，準備要撥出一一〇的號碼，這時，鄰居太太很緊張的拉住我的手：「不要啦！你不要打一一〇啦！我來賠。反正他們是我叫來做事情的，我也有責任。」

鄰居太太說完這句話後，我才放棄撥打一一〇。

＊ ＊ ＊

在我們跟明英坦承我有精神疾病的事實前，她一直都像我的家人早期那樣誤以為我只是脾氣大，所以從剛開始住在一起時，一直到生了兒子後，我們偶爾還是會吵架。

但是我一輩子只對初戀女友動手過，從此之後一直警惕自己不可以暴力，因為那是社會無法容忍的犯罪，更何況女人是最美麗的胴體，不敢傷害之。因此，我再也沒有對任何女孩子動手，而明英是我老婆，我更不會對她動手。

只是結婚前幾年都還在磨合，兩人常會爭吵，而每次我們吵架，我就會因為心情不好而跑酒店。其實不只和老婆吵架，易怒的我很容易被任何人跟事情搞得心情很不好，所以我常常會跑到酒店去買醉。

當時這樣辜負明英，都已經結婚有小孩了，還跑去酒店花天酒地；這讓我想起Netflix的名劇《模倣犯》中有句話說得很好：「我想人是這樣，總是習慣把擁有的東西視為理所當然，等到失去之後才會發現，這世界上沒有人該無條件理解你、愛你，等明白這個道理，有時候也太晚了。」

不過有次我去酒店認識了一個女生，沒想到卻成為我積極規律就醫的契機。她是一個長頭髮、皮膚白皙、很漂亮的女生，這女生名字叫做小步。當天晚上我立刻把她帶出場，翻雲覆雨讓我覺得歡愉。

我好像回到以前遊戲人間時一樣，又年輕了起來，我告訴小步，我已經給妳框出場了，可是妳早上下班後還要陪我，她答應了，我便和她約定時間。

隔天凌晨，我在酒店樓下接到小步，一路奔往汽車旅館，這次沒有付錢，純粹是你情我願。

我們在旅館房間先聊天，我好奇問她：「小步，妳說話有點怪怪的，好像有點大舌頭又有點口吃，是怎麼回事啊？」

我坐在床上，她手中捧著她的寶貝手機蹲在地上，她說道：「我──我──我頭上有個──疤，你有看到嗎？」接著她撥開她前額的頭髮，我定睛一看，果然有個約四、五公分左右的疤，看起來像是手術後的痕跡。

然後她對我說：「我──我──小時候就被我爸媽──丟掉──，不要我了，把我交給我姑姑──姑丈──照顧。」

看到她頭上的疤，我憐惜的摸著她的長髮：「真可憐，妳那麼漂亮。」

她繼續說道：「可是——姑姑——姑丈——也不——喜歡我，常常打我、罵我，有次把——我抱起來——往下丟——，頭撞傷了，然後我——說話——就變這樣了。」

我輕柔地撫摸著她白皙的臉：「妳姑姑姑丈真的是太過分了，竟然這樣子對妳，害妳變成這樣，造成妳一輩子的遺憾。真可憐。」

我把她抱上床，親吻著她，和她進行交合。我感到非常愉悅。完事後，我跟她說：「小步，讓我照顧妳，好不好？」

她回答：「嗯、好啊！」

我很累，便裸著身體躺著休息，她則裸體坐在我旁邊，拿著手機玩遊戲，她好像一有時間就在玩遊戲，我不喜歡手機遊戲，所以不知道那有什麼好玩的？

我後來會趁她沒有上班的時候約她出來，帶她吃港式飲茶、台菜等等。有時候兩人一起待到隔天快中午才離開旅館，我怕她會肚子餓，還趕快買便當讓她帶回家吃。

我們的關係持續了快兩個禮拜，最後終於又因為我的暴怒而畫下句點。

因為小步真的很喜歡玩手遊、很沉迷其中，每次跟我在旅館時，我盡興地辦完事後，她就馬上拿起她的手機玩手遊，沉迷到我跟她講話時，她的回答都很簡短。沒想到，最後就是因為手遊的關係導致我們大吵而結束我們的關係。

那天我開車到她接近酒店的住處附近，我一邊開車，一邊用擴音打電話給她，因為我有個計畫，我要帶她去百貨公司逛街買一些東西給她，我滿心歡喜的等她接電話。

沒想到，她一接起電話就很兇的罵道：「幹嘛啦！很煩欸！我在打遊戲，你打電話來要幹嘛？」

沒想到我一頭熱，卻突然被她大聲斥罵，我也馬上火大：「妳這麼兇幹嘛？」

我稍微按捺一下自己的脾氣說道：「我是想要帶妳去百貨公司逛街，買東西送妳。」

她依然語氣很差的說：「有那麼急嗎？一定要現在打電話嗎？你不知道遊戲斷線很麻煩嗎？」

我說道：「幹！誰知道妳在打手遊啊？」

我也很不爽地說道：「算了、算了，妳去打妳的白痴手遊打到死為止吧！」

回家後，我越想越不爽，實在吞不下這口氣，於是我用 Line 寫好一則罵人的簡訊準備要傳給她。內容是罵她：「妳果然是個智能不足的白痴，每天都在那邊打手遊，跟白痴沒兩樣。妳被姑姑姑丈虐待就是活該，因為妳沒有頭腦，只會玩遊戲，難怪他們會把妳打到頭殼壞掉，因為妳本來就沒有腦袋！」

我再閱讀一遍，滿意後才把這封罵人的簡訊傳出去。

接著小步差不多一分鐘後打電話過來，她說道：「我看你——真的——想死了！」

我從椅子上站起來，鼓足氣勢對她說道：「怎樣、怎樣？妳想怎樣？」

因為她越緊張時口吃會更嚴重，我感受到她很無奈地呼了一口氣：「沒——沒

——沒有——」然後我就把電話掛掉。

等到晚上時，我越來越感到抱歉，覺得自己不應該對小步說出會傷害她的話，我想我應該去她的酒店一趟，向她道歉。於是我聯絡了我的酒店幹部，告訴他晚上我要去酒店。

等到了她上班的酒店後，我直接指名要小步。領檯要我稍等一下，在等她的時候，我內心忐忑不安。後來領檯告訴我一個讓我感到遺憾的消息，他說道：「小步今天沒來喔！」

我狐疑，心想今天不是她的上班日嗎？於是我問領檯：「她不是今天上班嗎？為什麼沒有來？」

領檯在對講機上問人，接著他說道：「她住院了。」

一時之間，我感到晴天霹靂，我陡然站起來大聲問道：「什麼？住院？」

領檯回答我：「沒錯，她住院了。」

沒想到竟然會變成這樣，我在想：「她住院該不會是我害的吧？我罵得太過分了，講到她兒時被虐待的事情，真的很不應該。」

幹部叫我找別的小姐玩，不過我一點玩興都沒有了，我內心感到愧疚不已，現在只想趕快回家。

我沒有直接回家，反而在凌晨五點多時聯絡上三姐，並告訴她我願意就醫接受治療，等一下到她家會跟她講發生了什麼事情。

到了三姐家後，我稍微描述一下怎麼認識這個女生，也說出小步因為兒時受虐而說話不清楚，然後我把我羞辱她的那則簡訊給三姐看，最後我說道：「怎麼辦？三姐，**我覺得我的精神疾病還是會傷害人，而且任何形式的傷害我都不願意它發生**。三姐，**我願意就醫接受治療**，你們不是說很願意幫我，永遠都會等我嗎？」

三姐聽了之後，她說她很高興我終於有病識感了，她當然願意幫我，她還說：「你肯就醫，家人都很高興，因為這樣對大家都好。事實上，我的確有口袋名單，我們這幾天就去身心科診所看看。」

而**我終於主動要規律就醫**，這件事情母親也感到很高興。我則在媽媽耳邊說道：「我們應該把我有精神疾病的事實告訴明英了。」媽媽也點頭同意。

於是隔天我找了個時間和明英講我有思覺失調症的事情，我告訴她我們結婚已經兩年多了，小孩也會越來越大，所以**我想要為了我們的家庭去看醫生接受治療**。結果沒想到明英對我的支持態度那麼正面且堅定，她說他本來就覺得我脾氣太奇怪了，本來就覺得一定有不對勁的地方；不過現在我說清楚了，**她能理解我是生病了，她會陪我走下去**。

沒想到老婆不僅不計較以前的爭吵，並能體諒我是生病之故，而能牽著另一半的手一起走下去，我相信藍天將會再現的。

以前斷斷續續的看醫生就是因為找不到一間適合自己的，所以原以為理想的身心科醫療院所是「遠在天邊」，沒想到「近在眼前」啊！

三姐帶我到離家不遠的一間身心科診所，我沒想到這裡居然有家診所，可見我以前**病識感**多低，根本就沒有注意到這些事情。

我們在大門外看著貼在玻璃門上的看診時間表，很奇怪的，周醫師竟然佔滿了幾乎所有的看診時間，而只有禮拜四下午及晚上的診是由廖醫師看的。三姐向我解釋說：「周醫師是這間診所的院長，所以他看診時間比較多，我們今天就是找周醫師看診的。」

我點頭，但是想著不知道周醫師是什麼樣的醫生，會不會像之前那個兇巴巴的醫生一樣吧？

接著護士叫我的名字，我和三姐一起進去。進入診間，我們倆人坐在椅子上坐好，我向周院長稍微介紹一下自己的病史，我說我曾經被強制住院，確診思覺失調症。

周院長一直繃著一張臉，讓人感到氣氛十分尷尬，不過我還是提問：「我結婚快兩年了，也有小孩，我想問：我現在開始看診治療來得及嗎？」

沒想到周院長馬上就給我澆了一盆冷水，他表情嚴肅、張嘴提高音量說道：「當然來不及了啊！你在想什麼？都有老婆小孩了，現在才想要開始看診！」

之後周院長這句「來不及」的話就像重複播放的錄音帶一樣，一直在我腦子裡迴盪。

看完診後，我帶著很失望的表情對三姐說道：「我真的是有心要來就醫看診、接受治療的，可是這個周醫師又跟以前的那個醫生一樣很兇，而且對病人都用責備和否定的。該怎麼辦？」

三姐說道：「我也覺得周院長太衝了，應該給病患有希望的感覺，而不是說這種話，我想他不適合我們。」

我說道：「對啊！他剛剛一說：『來不及』後，我非常的難過，難道我要一輩子都這樣帶著這個病到死為止嗎？」

三姐安撫我，她說道：「不用擔心，這裡還有個廖醫師，我們可以找他看看。」

我心想：「Better be good this time!」

禮拜四到了，三姐也照樣陪著我來，由於是下午時間我們都分別向公司請假，畢竟這一天非常重要。

護士叫我的名字，我跟三姐再次進入診間。我一看到眼前的廖醫師，覺得他和我心中對精神科醫生的形象有不少的落差。他個子小、頂著一頭中分直髮、戴著一個黑色金屬框的眼鏡、身上穿著半休閒風的藍襯衫套件白背心、並穿著一件卡其褲。他的臉很小、嘴巴也很小、皮膚白皙，最重要的是他說話的腔調有點中性的感覺。

廖醫師對病人很有禮貌，每次看到病人進入診間，他都會很有禮貌的對病人說：「你好、你好，請坐請坐。」因此我對他的第一印象就很好了。

我一樣以自己在之前強制住院時確診的病名告訴廖醫師，並且問他一樣的問題：「我結婚快兩年了，也有小孩，我想問：我現在開始看診治療來得及嗎？」沒想到，廖醫師給我一個很暖心的回答：**「當然來得及啊！只要你願意，什麼時候開始都來得及啊！」**

他的話猶如一股暖流，溫暖了我的心房。我在心裡對自己說：「就是他了，我要在廖醫師門下看診。」

初診結束後，我帶著滿意的笑容，轉頭對三姐說道：「不用再找了，就是他了，我要在廖醫師門下看診。」

接著我們互相交換這次看診和對廖醫師的感覺和意見。

在現代進步的醫療資源之下，「**醫病溝通**」與「**醫病關係**」的建立是非常重要的。當「醫病溝通」與「醫病關係」有處理好的話，不但可以降低患者對於治療過程的抗拒，也可以有效提高病患對於疾病的認知，不僅建立起病識感，還可以增加病患本人對自身罹患的疾病的知識度，進而成為促進醫病滿意度與醫療成果的關鍵因素。

我覺得醫療人員的溝通與態度這兩點是最重要的，尤其是對於那些必須天天面對精神病患的醫生、護士、其他人員來講。因為不良的溝通與態度是讓我之前頻換醫療院所的主因。醫療人員的態度不佳，例如對精神病患多以訓斥、責備與教訓，這樣便營造不了良好的醫病溝通，結果造成病人逃之夭夭，有的頻繁換醫療院所，有的排斥就醫，有的甚至拒絕再就醫。這樣的結果將造成治療效果歸零，也造成醫療資源的浪費，這樣兩敗俱傷的結果，大家都不樂見。

所以有良好的醫病關係非常重要，建立在良好醫病關係下，精神病患才會得到良好的治療效果。

日後我在看有關建立良好醫病關係的文章中，我覺得有一句話說得很有道理，它說道：「**醫生與病人的地位沒有高低之分，良醫會把病患看作是正在受苦的靈魂。**」

第十八章　為什麼不讓我生小孩!?

我罹患的情感性思覺失調症，是在我看廖醫師的診時確診的。在確診之前許多年，我的家人就和其他病友家屬相同，都把發病者看作是中邪或卡到陰，想當初，我父母親還帶著我南北跑、四處求神拜佛；然而，其實這些都是錯誤的觀念。

情感性思覺失調症是一種同時具有*思覺失調症症狀和*情感障礙症狀（如躁鬱症或憂鬱症）的精神疾病（這裡呼應了這本書剛開始所說的，我患了兩種症都有的情感性思覺失調症）。

＊思覺失調症症狀包括有：

幻覺，如聽覺幻覺，即聽見不存在的聲音。我的聽覺幻覺就是在每次我拜拜的時候，總是會有人對我說出一些惡意的聲音：「你去死！你去死！你不需要拜拜，拜拜救不了你，拜神佛沒有用啦！」

那個聲音是那麼的真實，就在我耳朵裡面對我辱罵，每次我想認真虔誠地拜拜，它就會冒出來，讓我不堪其擾。

關於**聽覺幻覺**。在我被強制住院出院後，我上樓往我的小公寓走去時，突然聽到鄰近的每一戶人家竟然在半夜三更時集體講話，人聲鼎沸猶如在菜市場裡似的，可是這些聲音聽起來又不是在互相對話，反而是各講各的感覺。

關於妄想，如**被害妄想**。我以為是之前職場遭受霸凌之故，才讓我有被害妄想，不過看來是我的精神疾病使然。常會認為有人要害我，有時還會妄想剛結婚的老婆會在我出國不在家時傷害我的貓咪。

關係妄想，這也是我蠻明顯的症狀。總會認為親友都在議論我、批評我有多差勁，我也會覺得旁邊的人的一言一行都與我有關。

思維混亂。最痛苦的是我的大腦好像壞掉了，常常會有思考混亂，且我常常會說話沒有條理，有時候則是會思考跳躍，常常剛剛還在講A話題，結果我很快就跳到講B話題或是C話題了。

行為異常，可能表現為極端興奮。我時而興奮會充滿活力，然而有時又會因為情緒低落的影響而感到疲憊不堪。

＊情感障礙症狀包括有：

躁期（Manic Episode）

過度興奮、情緒高昂或易怒。我時而興奮且精神百倍，時而卻疲憊不堪、快要撐不住。我時而興奮會充滿活力，然而有時又會因為情緒低落的影響而感到疲憊不堪。

精力旺盛，睡眠時間及需求減少。睡眠障礙問題日益嚴重。有時候會失眠或睡太少，有時候則是會睡太多。再加上疾病的原因讓我很淺眠，稍微有點聲音就會把我吵醒，讓我更難入睡。這個尤其是在我二寶養育期間更是讓我無法順利入眠。

思維飛快，講話不停。之前在遊戲人間時，不管是和同性朋友在一起，或是和女孩子相處時，我總是會思維飛快的滔滔不絕的講個不停。

衝動行為，如揮霍金錢、冒險行為。自從有了遺產可以花後，我到處揮霍金錢，買車買房、物質氾濫，連美妝店小姐和我一聊天，就知道我是衝動型購物的人。另外，在我遊戲人間之時，我經常只為了一時的肉體快感而魯莽從事冒險性行為。

憂鬱期（Depressive Episode）

持續情緒低落，對事物失去興趣。我經常在躁期與鬱期之間擺盪，情緒低落時，甚至想到要自殺。自責、自卑，甚至有自殺的念頭。

台北市立聯合醫院松德院區利用全國健保研究資料庫，及全國死亡檔之大數據資料，以世代追蹤和年齡分層的巢式個案對照研究，研究結果顯示出有關自殺的危險因子，**所有年齡層在自殺死亡前三個月最常合併憂鬱症及睡眠障礙症**。

是的，這項研究結果非常正確且確實。我在第二次自殺前的確有合併憂鬱症及睡眠障礙症。那時候要顧出生不久的二寶，他難帶且愛哭鬧，我因而打亂了作息，這情況持續了好幾個月，便造成了我的睡眠障礙。

可能是因為睡眠障礙的緣故，令我發了一個惡夢，我夢到三姐瞞著我，帶我老婆去做避孕。我埋怨三姐不讓我生小孩，怨嘆為何生兒育女的決定權力都無法操之在我。這便是我的憂鬱原因，然而我說出來卻沒有人可以感同身受，因此，我衝動之下跑回家吞安眠藥，想了結自己的生命。

情感冷漠

許多人見到我時，總看到我面無表情，難以親近。另外我也缺乏情緒表達，總是只有哀怒沒有喜樂。然而有時我則會哭笑無常。我會為了逝去的貓咪難過了整整超過半年之久，而且一想到已逝的愛貓我就放聲大哭許久。

其他症狀

社交退縮，避免與人接觸，對周圍環境失去興趣。

我深知我已從年輕時既好客又喜好交友，如今已變得疏離、孤僻、畏縮、喜歡躲進自己的小世界。

其他還有：認知困難、注意力不集中、記憶力衰退、決策困難，以及自理能力下降，個人衛生、日常生活能力變差。

＊＊＊

我這一生走來，覺得我的人生充滿著困惑，我有太多的為什麼想要問；不過我想「人生無常」就是我應該要承認的答案，不要想去掌控什麼，不要想要去抗拒什麼；**因為一個人可以改變的，只有自己而已**。

只是沒想到人生無常，連全世界也無常，一個病毒的面世造成了全球性的恐慌。新冠肺炎來襲，從點到面，快速擴散到世界各地，造成了全球恐慌、經濟全面停擺。

這段期間，大家都在電視機前觀看台灣的CDC（衛生福利部疾病管制署）每天公布確診病例數目，大家到處排隊買口罩、酒精、快篩等等抗疫物資，還常常勞師動眾的讓人民到處排隊打 Covid-19 疫苗。

由於人民減少外出，許多受影響的產業損失慘重。而我的公司是和餐飲業緊密相連的，在禁止內用的禁令公布後更是雪上加霜，公司呈現停擺狀態，我原本習以為常的送貨工作也被停止了，大家當時都只能宅在家。

老婆工作的包子店則是疫情中的受惠者之一，大概是因為人們減少外出，但是還是要覓食，而包子可以放冰箱，要吃的時候再拿出來蒸，很方便，所以成為疫情期間人們囤積食物的好選項之一。

因此，我和老婆的工作呈現兩樣情。我要不是在公司和大家滑手機或是閱讀書籍，要不就是宅在家裡。老婆在包子店的工作則是每天都很忙碌，工時也越來越長，我很擔心她會累倒。

果不其然，有天老婆工作到體力不支，回家後不停嘔吐，而且頭暈目眩的，我便趕緊把她送急診。只是我沒想到竟然因此讓我發現天大的秘密！

送急診就是要先做檢查，才能讓醫師了解是什麼問題，這大多是驗血、驗尿、照X光片等。我細心照顧著她。

在她去照X光片時，突然間，我聽到裡面的放射科人員說道：**「妳有裝避孕器喔！」**

這消息來得晴天霹靂，我希望我是聽錯了，可是聲音卻是那麼清楚明瞭，錯不了的。

等老婆緩緩走出來後，我攔住她質問道：「妳為什麼要裝避孕器？是誰說要裝的？」

她知道我在生氣而保持沉默，我不放棄，繼續重複問她：「妳為什麼要裝避孕器？是誰說要裝的？」

後來拗不過我的質問，她終於說出來：「是三姐。」

我馬上問道：「三姐？為什麼她要幫妳裝避孕器？」

老婆說道：「我不知道，你問三姐。」

我繼續問道：「妳怎麼會不知道，妳是當事者欸，告訴我為什麼？」

最後她終於吐出答案說道：「因為我們剛結婚時，你那時候很恐怖。」

我痛恨我三姐！**我雖然有思覺失調症，可是我從來沒有傷害過任何人啊！**

三姐，妳太過分了！我的人生已經很困惑，妳搞得我人生又產生更多問號，可是我不要我的人生再有問號了。

三姐，妳不要用妳自己的標準來度量我！為什麼要我們避孕？難道妳以為我恐怖到會像電視上那些虐童的惡魔那樣會對小孩子施虐嗎？妳以為我情緒一來會把小孩子抓起來往地上摔嗎？

那是惡魔的作為，我只是精神病患。我要大聲向妳吶喊：「**我是病人，不是犯人啊！**」

我很疼愛小孩，虐童的罪名我揹不起！

三姐，妳這樣自作主張做了這件事，完全沒有顧慮到我；我是病人，但我不笨，我不是白痴！

我理想中的美好家庭是生兩個年齡相近的小孩，他們可以當彼此的玩伴，妳為什麼要破壞我的美夢呢？為什麼妳就這樣破壞掉？

我到底做錯什麼事？為什麼我不能生小孩？還說永遠都會陪我、給我機會，妳這樣做根本是對我判死刑啊！

我和老婆親密時，都撞到她陰道裡的塑膠硬塊！每次撞擊產生的疼痛都讓我非常納悶，我不知道那是什麼東西，我不知道我單純的老婆私處裡面為什麼會有硬塊？我撞到後好痛，這個疼痛竟然持續了快五年之久，這種屈辱教我怎麼吞下去？

我被隱瞞了五年，等妳來解釋時，卻被妳嘻笑一句話：「忘記了！」難道我的人生變成了一場玩笑？

為什麼要插手我們夫妻倆人的私密事？為什麼沒先問過我？為什麼不先跟我溝通？為什麼沒經過我同意？

＊＊＊

新聞突然報導有精障者在北都某區進行無差別殺人事件，造成X死X傷的慘痛結果。每每發生了精障者殺人案，我的心就好像被箭射中，心臟劇烈疼痛，我會想我也是有思覺失調症，這起殺人案是否與我有關？就算這起案件不是我幹的，難道我以後也會做出這種事嗎？

每次一發生精障者殺人案，媒體總是喜歡將兇嫌的犯罪與其精神疾病連結起來，直指兇嫌殺人就是因為其精神疾病使然，並加以大肆渲染報導。新聞可以鋪天蓋地的報導下去，它會延燒很久，直到有其他更重要的新聞蓋過去為止。

在媒體大肆報導精障者殺人案時，總會讓同樣身為精障者的我驚恐不已，我都會覺得和我有關，新聞講的就是我……

我頭腦變得混亂不已，思緒一直隨著自我質疑與困惑繞圈子。我困惑的是，難道正如媒體報導所說的，精障者都有可能會殺人？精障者都是社會的不定時炸彈嗎？我質疑自己的是，那我是精障者，我也會殺人嗎？

我想發出不平之聲！

正常人不是也會在情緒衝動之下失手殺人嗎？正常人甚至會為了仇殺、財殺、情殺而預謀犯罪呀！就像我妻子說的：「預謀犯罪不是更可怕？心中計畫著殺人，然後還真的付諸實行！」

所以不該把矛頭只指向所有的精障者吧！

我的內心發出了自己的真實心聲。我沒有那麼恐怖啊！我從來沒有傷害過人啊！我深信：「殺生是犯佛戒，不要也絕對不該殺生，尊重萬物眾生的生命。」

這才是真正的我！這些自我道德觀詮釋了我之所以為我啊！

這一切都是媒體為了追求高收視率的利益導向，才會造成大眾對思覺失調症患者的偏見與誤解。污名化思覺失調症患者的始作俑者就是媒體，它們莫不追求引人關注的驚悚新聞，腥羶色是媒體呈現的必要食材，寫出語不驚人死不休的聳動標題是它們搏眼球的例行手段。

Netflix兩部經典台劇《我們與惡的距離》和《模倣犯》在劇中都有強調當社會上發生命案時，媒體為了收視率所顯露出來的貪婪是血性，一如《模倣犯》一劇中記者小路與主管姚雅慈的對話所表現出來的那樣：

記者小路：「我不覺得為了收視率就要踩別人的傷口，一個有血有肉的人，不是在討論一個話題。」

主管姚雅慈：「沒有話題，誰會在乎這個人？沒有話題，他有機會被看見？誰會覺得他重要？」

記者小路：「我們在乎的不一樣，但最起碼要有良心。」

媒體污名化思覺失調症之舉，造成普羅大眾對精障者產生普遍的偏見與刻板印象，社會上都認為有精神疾病的人都有暴力傾向和可能危及他人的危險；然而這實在是錯誤的。事實上，犯下殺人案的精障者只佔極少數比例，**思覺失調症患者其實是很少有暴力表現，大部分時間，他們其實是安靜也愛靜、羞怯和畏縮。**

第十九章　我知道我是善良的人

精神疾病患者一定要積極就醫接受治療，這是唯一讓病友有機會邁向康復之路的敲門磚。而且，就醫接受治療的過程中，你就會發現自己和以前變得不一樣了，變得更好、更穩定、更舒服；你會發現以往那些惱人的症狀減緩了，你的身心都會感到更健康。所以，千萬不要放棄就醫、更不要拒絕就醫。

我在找到廖醫師後，便展開了規律的就醫治療。而廖醫師願意傾聽，也樂於提供意見和建議，他溫和的語氣，讓我樂於與他侃侃而談，我們建立了良好的醫病關係與順暢的醫病溝通。

尤其廖醫師曾對剛開始、狀態還不穩定的我說過一句非常重要的話：「**有狀況，隨時回來找我！**」意即不必在意健保一個月的期限的限制，有狀況隨時可以去找他，我覺得廖醫師這樣的暖舉是真心替病人著想，也給病人很大的安全感。有狀況隨時可以去找他，另一層面也意指，他以醫生的身分化解了病人家庭不必要的衝突。

雖然還未徹底改頭換面，雖然還有積習未改，雖然還未完全覺醒；不過**藥物治療**加上我對自己在情緒高漲時建立**自我提醒機制**，以及一定要**自律**，這些真的助我良多。

Netflix經典台劇《模仿犯》中有句話我覺得對情緒控管非常有用：「**我們永遠有機會作出高尚的選擇，不必像野獸一樣屈服於本能，被恐懼或憤怒所左右。**」

精神疾病患者不肯就醫的原因就是因為沒有病識感，所以如果想要走向康復之路，首先要務就是患者一定要有病識感，主動就醫接受治療，尤其最重要的就是每天規律服藥，再加上自我提醒和自律，定能有效控制病情。

服藥為什麼重要呢？服藥有什麼好處？

首先，**思覺失調症就是病人的大腦生病了**。因為患有此疾病，病人的大腦是受損的，而且更要注意的是他們的**大腦會持續衰退**。而用藥最主要的目的就是為了**救回持續衰退的大腦！**用藥的目的不只在減輕症狀，也是為了防止大腦神經元持續衰退，影響認知功能。如果不用藥，已有文獻顯示腦細胞可能衰退得更快。

已經知道服藥的目的和好處，我就想到有次因為我在廖醫師門下已經看診幾年了，情況跟情緒都已經非常穩定，我認為應該已經康復了，於是我問廖醫師說：「我是不是可以不用吃藥了？」

不過廖醫師急忙表示：**「思覺失調症病人不可以私自停藥，服藥不能中斷。」**

他這麼說不免引起我的好奇心，我問他：「那我要吃藥吃多久呢？」

廖醫師答道：「精神疾病患者要服藥一輩子。」

其實聽到這些，不免讓人覺得有點畏懼，不過千萬不要因此排斥或放棄就醫。想想看，思覺失調症病友的重大傷病卡上面不是有註記「永久」嗎？所以病友們必須一輩子服藥並不令人意外啊！

那如果思覺失調症患者不吃藥或中斷服藥，會發生什麼事呢？

我曾經自行斷藥，結果沒多久症狀就復發了，相當難受，讓我再也不敢自行斷藥了。

思覺失調症患者必須遵照醫囑每日服藥，不要自行增減藥物及自行停藥，因為這樣可能會引起症狀復發、身體不適及其他副作用產生。任何藥物調整應該與醫師共同討論。

＊　＊　＊

因為全球性的新冠肺炎疫情長達三年之久，我們宅在家的時間也變多了，閒來沒事便來做人，而自從避孕器被我發現後就被我拿掉了。

有天，老婆忽然躲在廁所很久的時間，我關心便跑來敲門問她還好吧？

沒想到，她突然打開門，手上拿著一根像是快篩檢驗棒的東西，不過定睛一看，又覺得不一樣，她說道：「我好像又懷孕了。」

我一看，果然是兩條紅線，我高興地把她抱起來轉了一圈，我對她說道：「太好了！這是天大的好消息啊！」

我對她說：「我們必須馬上告知家人這個好消息！」接著我便把驗孕棒拍起來，

然後再把照片傳到 Line 的群組。

在疫情期間去做產檢比較麻煩，有許多門禁與保持距離的規定。每次做超音波，我就回想起八年前也是這樣看著大寶在顯影中慢慢成長的過程。

很快的，這次預產期很準，那天老婆在下午時感覺到嬰兒的胎動有些不同，第二次當媽媽的她有經驗了，便要我載她去婦產科醫院。

然後二寶在隔天凌晨一點多誕生了。

這次我們沒有住坐月子中心，直接帶回家自己照顧。當然我自己的小孩一定會疼愛有加，像大寶比較溫和乖巧，我從來沒有打過他，因為自己的小孩根本打不下去，因為還沒打心就會痛了。

只是沒想到二寶和大寶完全不同。二寶非常「歡」（愛吵鬧）、動不動就哭鬧，我根本不知道怎麼幫忙照顧，因為他一大聲哭鬧，我就會慌亂了，因此我實在是非常頭疼。我只能祈求他趕快長大、懂事後，應該就不會再這樣大聲哭鬧了。

其實我有思覺失調症這種精神疾病，讓我的睡眠品質非常的差，難入睡又淺眠，很容易被吵醒。而精神病人最需要的就是好好睡覺。

不過因為責任感使然，為了幫忙照顧二寶，我長達幾個月挑藥吃，把會想睡覺的、造成身體無力的藥丟掉不吃。然而**思覺失調症患者是不能私自停藥、也不能挑藥吃，否則很容易造成病情復發和惡化**。

有次我受不了藥物的副作用讓我沒辦法幫忙照顧二寶，我便把所有的藥物全部都丟到垃圾桶裡。後來十幾天，我經歷了可怕的復發狀況。

我就曾經某次終於認真地看我藥包上所有文字，發現有一顆藥的副作用是：頭暈、昏昏欲睡，另外一顆藥的副作用更嚴重，這顆圓型厚厚的藥物的副作用寫著：視力模糊或複視，步態笨拙或不穩，四肢動作不協調。

我看完後恍然大悟了，原來這兩顆藥就是把我搞成像個活死人的罪魁禍首啊！我憤而把這兩種藥的藥包丟在有廚餘的垃圾桶裡，再把我正在喝的黑咖啡整杯倒進去，目的就是要聲明：「我死都不要再吃這兩種藥！」

藥物的副作用讓我很生氣，令我想起我剛開始接受治療服藥時，我常常因為藥物的關係，早上起來的時候講話講不清楚，我老婆因為聽不懂我說什麼而和我吵架，我心想這一切都是藥物害的！

這件事情是日後我在閱讀相關書籍與老婆分享所得時，她才親口告訴我的。她說那時候我剛開始治療吃藥時，隔天醒來總是講話非常不清楚，她因為聽不懂而大聲地問我：「說什麼？」

結果我聽她大聲以為她在兇，兩人就因此吵起來。後來她有天難入眠拿了一兩顆我的藥吃，結果她隔天早上起來呈現跟我一樣頭重身體笨拙，難以甦醒且口齒不清的症狀。她說從那天之後她就能真正「感同身受」，體諒我服藥的辛苦，不會再跟我吵了。我聽到她說這一段時感動到直接哭出來。

沒想到這場藥物革命還沒落幕。大概半小時後我越想越氣，再動手把其他的藥全部丟進那骯髒的垃圾桶，也再次用相同手法破壞所有的藥。我甚至把網購買來裝藥盒的可愛收納包也一併處理掉了。

我稱這次自行停藥為「藥物革命」的原因是：是否穩定服用藥物總是成為家屬

與病友間相當頭痛的麻煩事。常聽聞有很多家屬為了病友能按時服藥，軟言勸說、威脅利誘，嘗試各種方法，最後搞得心力交瘁。

其實目前台灣其實提供三種不同的藥物治療選項，包括熟悉且常被使用的**口服藥**，其他還有**長效針劑**，跟摻入食物或水的**滴劑**。病友其實可以根據自己的病情與需求和看診醫生才能共同討論出正確的解決方案。

當時我正在氣頭上，最在意最擔憂我吃藥問題的媽媽也不跟我爭辯、一句話都沒說。眼看這場藥物革命勝利了，我還逞強的說：「只要我情緒控管好就好了，何必靠吃藥！」。

那時我還沒開始認真地研究這個病，所以可以說我太高估自己了，或是對病與藥太無知了，沒想到症狀復發來得這麼快！

這次我自行停藥大概停了十幾天，剛開始前一兩天還沒事，大概從第三天起症狀就復發了，而且每過一天就每況愈下，復發症狀越來越嚴重。

自行停藥的這段期間我有哪些復發症狀呢？我就舉出還記得的一些例子：

一、庸人自擾，根本沒發生什麼事，卻無緣無故自己緊張焦慮起來。

二、外出與人交談時總顯得既不自然、更顯得不對勁。

三、一直感覺別人都在議論我，儘管媽媽不厭其煩地回答我：「都沒有人在講你。」我還是一直認為親友們都把我講得有多壞、多差勁。

四、思緒混亂、頭腦快當機了。停藥之後開始復發時，我感覺我的頭腦就像高速運轉的電腦一樣。那時我很害怕醒來，因為一睜開眼睛，我的大腦就要開始快速運轉，會有思考混沌不清、有時又快速跳躍式的思考、有時則會不懂得看情況做出正確反應等等症狀。這種情況要持續到我閉上眼睛睡著後，才會像按了關機鍵的電腦真正停止。其實說像高速運轉的電腦只反映了某部分的症狀，應該說像中毒或快陣亡的電腦更加貼切。因為它明明一直當機中，卻胡亂的高速運轉到發燙，那時我也有我的腦快要燒壞了的感覺，最後只有靠多吃幾顆安眠藥強迫關機。

五、最困擾的是我會一直回想過往的事，偏偏我記憶力又特好，連過往事件的細節都記得很清楚，這或許是我的長處，卻也是我的致命傷。糟糕的是我一直陷入回想過往事件的泥沼裡，我又一再重複判斷哪件事做對了？哪件事做錯了？而只要想到我做錯的總比對的多很多，我就陷入自責、懊悔、憂鬱與罪惡感。

＊＊＊

就在這段艱苦的育嬰期間，我的生活作息都打亂了。結果有天夜裡睡覺時，我做了一個很不舒服的噩夢。這個噩夢就是「三姐不讓我生小孩。」

隔天我就跟媽媽和老婆說三姐不讓我生小孩這件事。我不知道我做錯了什麼事？我沒有殺過人，也沒有傷害任何人，也沒有犯罪過，為什麼三姐不讓我生小孩？

不過可能因為二寶都生出來了，媽媽和老婆便給我一個不以為意與簡單了事的敷衍態度。

我對她們喊道：「你們倆個都沒有顧慮到，三姐已經踐踏了我的尊嚴和基本人權。」

見沒人能體會我的感受，我哭著說：「我要回去自殺！」

被我疼愛有加的八歲的大寶立刻跑了過來，試圖要阻止我，他牽著我的手喊出讓我動容的兩個字：「爸爸！」

我一邊哭一邊摸著他的頭：「大寶，爸爸最愛的就是你，你要好好照顧媽媽跟阿嬤。」

接著我就快步騎車回家，一進入房間裡，我便把房門關起來再鎖上。然後我從床頭櫃的抽屜裡拿出我囤積很久的安眠藥，一顆顆把它擠出來，放在桌上。

幾分鐘後，我覺得桌上已經有許多白色小藥丸，我算一算，總共有三十二顆，我想這樣應該差不多了。

我一手拿起藥物，一手拿著手機，是為了看我的兩個心肝寶貝。當我一口吞了幾顆藥，就喝一口水，然後再看著手機上兩個兒子的照片；我看到他們可愛又漂亮的臉、調皮的模樣，眼淚不禁流下來，我再喊著他們的名字。

我就這樣，一口吞幾顆藥，再看著兩個寶貝兒子的照片，哭著叫他們的名字。不知道我吞了幾顆藥，差不多有十幾顆藥吧！突然間，我的房間門被人用鑰匙打開，她說道：「老公，你不要這樣子，不要再吃藥了，」

我抬頭一看，原來是老婆啊！我突然間像個小孩子一樣對著老婆哭了出來：「老婆，老婆，我好愛你們三個喔！」

老婆走了過來，她說道：「好了，好了，不可以再吃安眠藥了，把其他的都丟掉。」

她嘆了一口氣後說道：「你不可以這麼做，小孩子還在等你呢！」

老婆動手收拾桌面，把剩下的藥全部丟到垃圾桶裡，然後對我說道：「走，我開車載你去急診，檢查你吃那麼多安眠藥有沒有怎麼樣？」

於是老婆便牽著我的手，一起走出我家，並要我坐在後座，然後車子便往醫院駛去了。

＊＊＊

後來北都某區發生了震驚全國的虐童案。一對惡魔保母姐妹對才一歲男童的殘酷虐待行徑實在太沒人性！

她們不僅對男童拳打腳踢，打得男童全身上下沒有一處是完好的。更沒人性的是在寒冷冬天，竟然讓男童全裸站在陽台罰站一整晚，常常男童也被全裸關在廁所裡與排泄物共處。惡魔姐妹更加變態的虐行是拔光男童指甲，還拿打火機燒男童的生殖器。

這些虐待兒童的手段極度的殘忍無人性，簡直是只有魔鬼才幹得出來。尤其是當我聽新聞報導說她們施暴對象的男童，還是一個不吵不鬧又乖巧的小孩；這令我想到我同樣乖巧不吵鬧的大寶，看到這邊，心酸不已，我眼淚再也止不住的流下來。

之前當我發現三姐自作主張裝避孕器，從此之後，每次在手機看到虐童的新聞，我就會馬上分享到 Line 的家人群組，幾年來如強迫症一樣，執拗地一直傳虐童新聞到群組，我的目的就是要告訴三姐：「這些人模人樣的王八蛋都在虐童，這些虐童的人根本沒有精神疾病，但是他們卻泯滅人性的對小孩痛下毒手！」

我要向三姐說：「我有思覺失調症，我卻對小孩疼愛有加，從來沒有打過小孩，因為我只要想到他們是我的親生骨肉，我根本就打不下去，因為如果打他們就像是在打自己，會很痛很痛，是心在痛！」

現在我不用再執拗地傳虐童新聞向妳證明了。

因為看了這個新聞，我已經覺醒了！

我根本不是那種惡魔！

雖然我生病了，但是我是一個善良的人！

第二十章　邁向重生之路

患了思覺失調症的人，就好像是一隻善於飛翔的遊隼被囚禁在鳥籠裡，想飛，但是卻苦於無法飛翔。遊隼被鳥籠囚禁了，而我則是被這罹病、受制於思覺失調症的身體給囚禁在我這狹小的身軀裡。

我的大腦生病了，每天一醒來，我就得和混亂的大腦奮戰，被焦躁的情緒所擺佈，還要比較自己與他人的經驗，判斷自己是對或錯。

我不只定義自己為失敗者，還定義自己為無貢獻者，因為家人花許多錢栽培我到澳洲讀書，但是我卻無法回報他們更多的金錢，惶論孝順。此外，我也定義自己為敗家子，因為我吃喝玩樂，因為我揮霍無度，是個十足的敗家子。

當我回顧以往，仔細思考自己過往的人生，發現我做錯了許多事。但是現在不是焦慮懊惱徬徨的時候，我總不能放爛下去啊！我在心裡對自己講：**「我一定要徹**

頭徹尾改變自己！」**不要忘了，我的擔子很重，上有老下有小，總共一家七口，我一定要負擔起照顧家庭的責任。其實即使擔子很重，我完全不會感覺壓力大，想到下有兩小，而上有兩老，尤其看到自己父母親已經年邁，**該是我這個兒子站出來挺身而出的時候了！**

老婆一向都是我人生的導師，教會我許多道理。她提醒我不要總是活在過往、不要太在意他人的想法和看法；因為過去已經消逝無法改變，而別人的言行無法控制，而且不管別人怎麼看我，我最重要的是要認真做自己、顧好全家大小。無論別人怎麼看我講我，都影響不到我，所以根本不必在意。老婆常常講一句話：「又不是靠他們吃穿，又不是領他們薪水，何必理會在意？」

老婆這些話成為敲響我的警鐘，也讓我想起美國一個偉大的拳擊手，他即便被陷害而坐了十九年的冤獄，可是他從未放棄過自己。

他是颶風卡特（Rubin "Hurricane" Carter）。一九六〇年代因為出色的拳技、大受歡迎，卻在巔峰時期被冤判三項謀殺罪，坐了十九年的冤獄。入獄的卡特說出了令人動容的話：「只要我不選擇受到傷害，我就不會受到傷害。沒有人可以影響得了我。」他在牢裡積極充實自己，進行了大量閱讀，包括法律、哲學思想、心理學、心靈成長，還有講述奮鬥、自由與社會不公的文學和自傳類書籍，社會批判與黑人權利書籍讓他更清楚種族不公與司法系統的偏見。他自學法律，是為洗清冤屈不停上訴。卡特從一名拳鬥士變成了冤獄人權鬥士。奧斯卡影帝丹佐．華盛頓在閱讀他的自傳後，主演了他的傳奇故事改編的電影《捍衛正義》（The Hurricane）。

＊＊＊

其實我的重生之路是長期以來循序漸進的，要改變自己不要妄想短期內一蹴可及。比較廣義的是從十一年前結婚生子後，被老婆積極個性、認真做事與正確價值觀而受到潛移默化的影響。比較狹義的是從二寶出生後，我感到責任的加重，力圖振作起來，負擔家計，並負起家庭責任。

前面才剛提過老婆一向是我的人生導師，她是長期站在我身旁影響我最深的人，長期的改變與重生可能要另外寫一本書了，長期的淺移默化只能體會、很難言傳；所以這邊我就從狹義上開始講起。

其實從二寶誕生後，因為被他大聲哭鬧吵到無法睡覺，其實精神疾病患者，每天晚上服藥後好好睡覺是很重要的事情；但是我想既然每天晚上都被二寶吵到不能睡覺，那我乾脆直接看看書好了，因為閱讀一向是我終生的嗜好，我一輩子從未中斷閱讀習慣過。

閱讀真的是有百益而無一害的事情，它的CP值極高，但是帶來的價值卻是無法估計。想想看，一本書幾百元，可是好書的內容卻可以提供給讀者數不完的好處。一本書是融合了寫作者的專業知識、人生經驗、人生歷練與洞察智慧，你閱讀一本書就可以把這些有價值的東西全部收進自己的大腦裡。

所以這本書最誠心也最重要的建議就是：多閱讀多看書！因為我的重生之路就是從閱讀書籍開始的，是我從書籍中找到我人生大哉問的解答，從書籍中我也找到了關於我疾病的身體與心靈的救贖。沒有閱讀、沒有書籍的話，我沒辦法在困惑了

四十五年之久，能夠走上重生之路。

當二寶生出來後，我知道家計會變重，家庭責任也變重，於是我一直在找有沒有額外收入方法。因為我還有送貨司機的工作，不過時間很自由，只要我送完當天的貨就好了。因此下午跟晚上，我想要找個在家兼職的工作。

後來我透過一本書講到美國的斜槓工作的浪潮，好可惜我忘記書名了。這本書主要提到為了建立個人品牌，美國人幾乎人人都有一個網站，再透過社群媒體推銷自己的網站。

我忽然想到：「難道是在說部落格嗎？部落格還存活嗎？」

由於早期剛出社會，有寫過部落格，不過自從智慧型手機普及和社群媒體，我就沒有在寫部落格了。

於是我用手機搜尋有關部落格的結果，發現果然部落格還存活著。感動之餘，我也下工夫仔細研究一番，最後決定做閱讀部落格。透過網路書店的聯盟行銷，希望可以一邊享受閱讀，一邊賺取微薄的收入。

我當時又開始陷入過往那樣過度用功的泥沼裡，常常為了閱讀書籍和寫下分享文而沒日沒夜的工作下去。

有次看到講述也患有嚴重思覺失調症的數學家約翰．納許（John Nash）的知名電影《美麗境界》（A Beautiful Mind），老婆看完電影後告訴我，像我們這樣的病人，很容易因為自己埋頭苦幹到不顧外面世界是如何而會再次復發。老婆了解我全部的人生，她知道我在澳洲就是這樣大量閱讀，給自己太大的壓力了。

後來我也告訴老婆，寫閱讀部落格不符合時間成本，便決定如老婆講的：「見好就收。」

除了建議病友可以透過閱讀收穫良多之外，我也建議病友們應該處理好自身的財務狀況。雖然錢不是萬能，但沒有錢萬萬不能！所以這是社會上大家辛苦上班的目的，而且沒有人會不喜歡錢多一些，然而思覺失調症患者的財務狀況大部分通常都很差，那是因為他們常常衝動型購物，而且還有瘋狂購物的行為，因此可見他們財務狀況都不太好。

此外，我在《思覺失調症完全手冊：給病患、家屬及助人者的實用指南（第七版）》（*Surviving Schizophrenia: A Family Manual, 7th Edition*）一書中看到如果患者不處理好自身財務狀況的話通常下場悽慘，有些患者無家可歸而流浪街頭，過得悽慘又落魄；甚至有些女患者流浪街頭時被不知名人士強姦或輪姦！看到下場如此悽慘，這就是**我建議患者要盡早理好自身財務狀況**的主要原因。

繼斜槓工作後，我找到「被動收入」的主題，也買了這種書籍。基本上，它還是著重在使用自媒體與宣傳自己的自有品牌為主。除了有一本書有提到開民宿跟投資房地產，不過這成本太高了。

再來終於進入主題了，由於想增加額外收入的心情強烈，我不斷在網路書店上挖寶。我點進去「商業理財」的分類，我定睛一看，發現了一些新字眼，像是「存股」、「ETF」、「持續買進」等等之類的書籍。

由於我年輕時，大部分人都還是買個股，然後追高殺低，不過許多人還是賠錢收場。因此，我不僅完全不懂投資，視投資金融商品和股市為毒蛇猛獸，是十足的門外漢。

據說有人研究技術面，有人研究財報基本面，還有人研究總經，不過還是淪為被收割的股市韭菜。

等到我買入「存股」、「ETF」、「持續買進」這類書籍後，我慢慢豁然開朗了，才發現現今是ETF的時代，買進一籃子股票就不用擔心賠光光了，因為它已經有了分散風險的機制。其實這三個名詞是連通在一起的觀念，不過我還是分別解釋一下。

存股是一種長期投資策略，指的是**持續買進並持有穩定配息的股票**，以獲得**股息收入**或**長期資本增值**。這種策略適合風險較低、希望穩定增長財富的投資者。例如，有些人會買進大型穩定的公司（如各產業龍頭）或高配息股票（如金融股），然後長期持有，靠股息累積財富。

ETF（交易型基金，Exchange-Traded Fund）

ETF是一種**在股市交易的基金**，它的組成通常是多支股票、債券或其他資產，讓投資者能夠分散風險。例如，台灣的0050（元大台灣卓越50）就是一檔常見的ETF，它包含台股前五十大市值公司，等於一次買入五十家企業，降低個別股票的風險。

「持續買進」通常指的是**定期定額投資**，無論市場漲跌，都固定投入資金買進標的（如個股或ETF）。這種方式可以降低短期市場波動的影響，透過「**成本平均法**」（**Dollar-Cost Averaging, DCA**），讓長期投資的成本維持在合理範圍內。例如，每月投資五千元買某檔ETF00××，不管股價高低都持續買進，長期下來可降低購買成本，享受市場成長帶來的回報。

這些概念常常搭配使用，例如：「**定期定額買進**ETF**存股**」，這代表投資者透過ETF分散風險，並且長期累積資產。

在我大量閱讀投資理財的書籍後，我也立刻動手做。正如《長期買進》一書的作者、財金系教授周冠男所說的：「最好的投資時機是二十年前，其次是現在。」

我不借款、不融資，因為這是大忌。另外，當你決定要存錢在ETF中後，你的錢就宛如存在銀行，在最好只持續買進而盡量少賣以追求市場的共同成長時，你自身也要做到從以前的由儉入奢易，**如今由奢入儉也要易才行**。

所以去買些這類的投資理財書籍，好好充實自己的財商吧！把財務狀況搞好，人生才會更安穩。

其實閱讀是很有趣的事情，而理財並不困難，我強烈建議思覺失調症患者多多從事閱讀，因為在你受苦靈魂的人生中，即使是你身邊的人也無法提供你正確答案，無法成為指引你走上康莊大道的明燈。在你坎坷的人生路上是不是總是缺乏人來告訴你應該怎麼做才好呢？

給書機會吧！書籍都是寫作者的智慧結晶、專業知識、豐富經驗與洞察力，這些會比你四處去找不懂的人來解答好多了。

啟發我走上重生之路的，除了閱讀和做好財務規劃之外，還有能免於受藥物副作用之苦的**長效針劑**。

中山醫學大學精神醫學科張正辰主任強調，「思覺失調症」有可能會復發，而每一次的發病都會使患者的大腦受到不可逆的嚴重損害，這點患者及家屬必須特別注意。

好消息是，隨著時代進步，醫療技術也有長足的進步，「思覺失調症」病友要穩定且持續地治療，可以優先使用「長效針劑」，將可望締造病友穩定控制病況、家庭照護壓力降低和社會生產力不白費的三贏局面。病友仍有機會回歸正常的工作和生活，與正常人一樣享受多采多姿的人生。

不過要聲明的是：對於施打長效針劑與否的問題，最好還是先詢問您看診的醫生，看是否能施打？或是其他可行性替代方案。無論如何，先徵詢過醫師，一切遵照醫囑。

長效針劑的原理是什麼呢？

其實長效針劑和患者以往使用的藥物內容是一樣的，純粹是形態上的改變，由固體口服藥物改變成液體注射藥物。

它利用奈米技術，藥劑施打後會讓藥物慢慢在體內釋放。可以把它想像就如同冰塊慢慢融化般，維持藥物在血中的濃度。

可千萬不要對長效針劑有多餘的迷思啊！

許多病友家屬會有些傳統的迷思，認為吃藥、打針會傷肝、對身體不好。有許多人甚至認為打針是因為病情變嚴重。其實這些都是錯誤的迷思。

患者需要穩定且規律的接受藥物治療，才能有效控制病情，**「用藥，才是保護患者大腦的最好方式。」**

那長效針劑有什麼效用與優點？

長效針劑非常有效，也有諸多優點。

根據文獻數據顯示，「思覺失調症」病患佔精神病患七成。以往口服抗精神病藥物因需每日服用，患者容易忘記、被家屬被動提醒、或甚至抗拒而拒絕服藥。不過隨著第二代長效針劑的問世，能更有效控制患者病情、大大減少復發機會。

此外，研究發現，接受長效針劑治療後有許多降低風險的好處：住院風險降低六成、半年內精神科急性病房再住院風險降低六成、急診風險降低四成、治療後兩年死亡風險減少四成。

現在來談談長效針劑的諸多優點。包括有：

＊提高服藥順從性：能降低忘記服藥或中斷服藥的可能性。

＊穩定患者病情：維持體內穩定的藥物濃度，有效控制症狀，減少復發風險。

＊改善生活品質：減少住院、失業等問題，提高病友的生活品質。

＊減輕家庭負擔：家屬無需擔心患者服藥問題，減輕照顧壓力。

適合使用長效針劑的患者包括：

＊服藥順從性不佳的患者

＊曾經多次復發的患者

＊有物質使用疾患的患者

＊無法自行按時服藥的患者

苦於藥物副作用無法做事的病友可以考慮施打長效針劑，可以去大醫院施打，也可以就近在自己看診的診所詢問是否有長效針劑，並和醫師經過充分的溝通後，遵照醫囑依規定時間來施打。

以我自己為例，在我為了研究自己罹患的精神疾病而閱讀《思覺失調症完全手冊》（*Surviving Schizophrenia*）一書後，便發現了長效針劑這個病人的福音；因為這本書是美國精神科醫師福樂．托利（E. Fuller Torrey, M. D.）所寫，我還特地上網求證台灣是否有這個東西？答案是肯定的！台灣早在二〇一七年就將長效針劑納入健保了，對思覺失調症患者可說是一大福音！

我現在遵照醫囑，每個月到就近的身心科診所施打一劑長效針，口服藥也大幅減量到只剩兩顆半，藥物副作用減輕之後，我更方便能好好做事了。

現在我不僅工作穩定、財務狀況穩定、病情穩定，更成了家裡不可少的中間支柱，負擔起照顧一家老小的責任。

我不再讓思維停滯或盤旋在以前我只帶來破壞的過往，在老婆的鼓勵下與自己的覺醒下，我也不再在意親友對我的想法和看法，我就只是專心地做好照顧年邁父母的生活起居的每一件事。

像我七十幾歲的父親這幾年快速老化，而且他有失智症和巴金森氏症，這些都需要不同的照顧方式。他如果一直重複問問題，我就不厭其煩地回答他。他走路變成小碎步，我就對他又揹又抱。有次他跟我說「拍謝」，我就回答說：**「你牽我小、我扶你老，這是天經地義的。」**

如果對孝道還有任何質疑的人，聽聽看有次我在社群媒體上看到某段視頻說得很有道理，看看它是怎麼說的吧！

「做人最基本的就是孝道，一個人如果連自己的父母都不盡孝的話，那還算是人嗎？」

「不管你的父母對你說了什麼、做了什麼，他終究還是你父母啊！世界上什麼都能等，只有孝順不能等！」

我兒子從以前就很喜歡摸電子類的東西，我都鼓勵他從事創造，並自己來做，不靠別人協助。

而我也以ＡＩ人工智慧為方向，讓他朝這方面努力學習。不過我也沒閒著，我自己買了十幾本有關ＡＩ人工智慧的專業書籍研讀，希望能透過我白話講解後，讓他提早吸收這些知識。

我以遊戲「Minecraft」（麥塊）和「Roblox」（機器磚塊）激發我兒子的創造力與想像力，並學習如何透過寫程式語言來自行設計出屬於自己的遊戲。

最近陪我大兒子看最新的《MINECRAFT 麥塊電影》，裡面有句話對小孩子很重要：「創造比破壞困難，但是小孩子就是要發揮想像力，不斷地嘗試去創造。」

這些都是因為我對兒子從小就採取開放式教學的方式，只要他是從事創造，我就鼓勵與支持。

另外，根本不用擔心子女會不會對你孝順，只要充分地給他一個充滿愛、鼓勵與支持他的環境，他自然會與你靠近、緊密相連。

我看過有關腦內分泌物的書籍，其中很有趣的一點是，男人進入穩定伴侶關係後，平均睪固酮水準會下降。這可能是演化上的安排——讓男性「轉換角色」，從競爭者變成照顧者與父親，更穩定地投入家庭。

睪固酮高的男性，在研究中表現出對其他異性誘惑較敏感、風險偏好高。但另一派研究認為，當高睪固酮個體真心投入一段關係時，他們對伴侶忠誠、保護性更強——這跟個人價值觀與依附型態也有關。

第二十一章　姐姐們眼中的我，想對我說的話

思覺失調症痛苦的是病人，但是家人也跟著受苦；而家人所遭受到的一切，絕對不是簡單「受苦」二字可以輕鬆帶過就好了。望著自己至親陷入瘋狂，帶來的是無止盡的衝突與戰爭過後場景；而望著眼前看似無休止盡頭的漫漫長路，家屬們懷抱著僅有的一絲希望，被一次又一次的衝擊，眼看這一絲希望就要如風中殘燭般熄滅了。

在與思覺失調症病人相處的每個日子裡，家屬們每分每秒都是煎熬，可是面對病人是至親，說什麼他們都不會放棄！

的確，罹病以來，家人陪我走過漫長的十五年，濃縮在這本十萬字、三百六十頁的書中，可能較難感受到時間的長久；或許只有同樣是思覺失調症病人的家屬才比較能體會到這樣一、二十年的時間對家屬和病人是多麼地遙遙無期啊！

如今我在家人的協助，與自我的探索旅程，我邁向了重生之路，也希望這本書能夠幫助思覺失調症病友一起走向康復，那我也算完成了出這本書的心願。

在這後兩個章節，我將藉由採訪一路上幫助我、支持我的家人們，她們是四位偉大的女性：大姐、三姐、媽媽和老婆。她們會現身親自講述她們看我這一路走來，真實的內心感受與想法。

這是非常好了解身為病人家屬真實心聲的機會！

首先，我們從一路上一直在我身旁幫助我的兩位姐姐開始。

◆大姐

我：「因為我在澳洲都報喜不報憂，不過當我和艾蜜莉一回台灣，妳知道我會打她，想請問大姐妳當時的想法。」

大姐：「我當時在場，我和我老公也在二樓，我那時候在坐月子。」

大姐露出訝異的表情：「我感到很震驚、嚇一跳。」

我：「那時候有覺得我哪裡不對勁嗎？」
大姐：「大概就是認為脾氣大吧！因為那個年代沒有那種資訊，所以沒有多想。」
我：「那妳覺得我在澳洲過度用功的行為妳覺得怎麼樣？」
大姐：「當時覺得你很認真，可是現在我有閱讀一些心理學的書籍，認為這樣子並不好，給自己太大壓力了。」
大姐：「我覺得完美主義者在追求完美過程中會太折磨自己，身心都處於緊繃狀態，這樣很容易罹患精神疾病。」
我：「當我在短短半年連續失去親情、愛情、工作而陷入低潮，接著就發病了；那時會在女友面前有許多脫序行為，請問妳那時候的想法？」
大姐：「當時我們都以為你中邪或卡到陰了。」
我：「所以你們打算從民俗方面下手？」
大姐：「當時你變得很奇怪，我們是覺得不管是科學的或非科學的，只要對你有幫助都可以試試看。」

我：「當我第三次赴澳洲雪梨的UNSW讀那一個學期時，又再次過度用功到把手用受傷了，甚至連隔壁發生火災都還要跑回去讀書，妳有什麼想法？」

大姐：「我覺得這個可以從亞洲人的文化來講，因為我們亞洲人總是認為要成功就是要付出加倍的努力，所以我們會看到亞洲學生一般來說比其他地區的學生還要努力用功。」

我：「嗯，沒錯。我們總是認為要成功就是要先努力過。」

我：「當我第一次被強制住院時，妳當時的想法是什麼？」

大姐：「我還是很震驚，但是更多的是擔憂不知道接下來的路該怎麼走？」

我：「對不起，讓家人擔憂了。」

大姐手伸出來搭在我肩膀上：「這不是你的錯，我們都知道你生病了，並沒有怪你。」

我：「我知道妳很愛哭，聽說妳每次來醫院探望完後都會哭。」

大姐：「我跟三姐都有哭啊！每次回家的路上都有哭。」

我：「是心疼我變成這樣嗎？」

大姐：「對，心疼好好一個弟弟怎麼變成這樣？疾病怎麼會找上我弟弟？」

我：「妳這麼說讓我記起來，當我在閱讀疾病相關書籍時，曾看到同樣患有此病的畫家梵谷（Vincent Van Gogh）說出了我們病友的心聲。」

大姐：「他說了什麼？」

我：「他說：『你也知道，如果可以選擇，我絕不會選擇瘋狂。』」

◆三姐

我：「三姐，妳是護理師，妳說妳最早發覺我不太對勁是什麼時候？」

三姐：「我記得好像是在你高中的時候，那時候你就徒手打破木板牆壁了。」

我：「年代太久遠了，我不記得了。不過那不就比我在澳洲和初戀女友的事情還要早？」

三姐：「對，我印象很深刻。只不過那時候我們不知道你是脾氣大還是怎麼樣？因為脾氣大的人有時候也會這樣。」

我：「就像懸在我心中的大問號，困惑了我好幾十年。」

我：「後來妳怎麼發現我真的不對勁的？」

三姐：「差不多就是在你回來台灣幾年後，你因為失去親情、愛情、工作陷入低潮後，你與艾倫在一起那陣子就常常一直情緒失控，我就覺得你好像生病了。」

我：「怎麼說？」

三姐：「因為脾氣大的人也只有在事情比較大的時候才發脾氣，可是你不太一樣，你連一點小事情都會馬上情緒失控。」

我：「因為當時我自己無法察覺自己的異常，那為什麼那時沒有告訴我？」

三姐：「初期發現不對勁，因為發脾氣的頻率太頻繁，但我也無法確定這樣就是有精神病？一方面是很難開口對當事人說，另一方面應該也是自己會不願自己的弟弟是有躁鬱症，所以真的很煎熬。」

我：「所以妳當時就沒有告訴我了。」

三姐：「很難開口呀！你要知道要怎麼跟一個人開口對她說出：『你生病了，你有精神疾病。』」

我：「可是現在是不是認為應該是要及早發現及早治療才是正確的。」

三姐：「對，沒錯，應該要及早發現及早治療才對！」

我：「那三姐妳當時發現我有哪些地方不對勁？我想要藉著自己的例子來幫助病友家屬能夠早期發現、早期治療。」

三姐：「我們覺得你應該不是單純脾氣大而已。因為脾氣大的人也只有在事情比較大的時候才會發脾氣，可是你不太一樣，你連一點小事情都會馬上情緒失控。可以說你的引爆點很低，而且不顧在場的人有誰，直接引爆。暴怒之後便開始大小聲罵人，還會摔東西。有時候也會覺得你會比較疑神疑鬼的。」

三姐：「還有混亂行為，就是你與艾倫在一起時開車發怒的脫序行為，會不顧危險的魯莽駕駛。

還有你和艾倫在一起時，你的突發性的強迫症狀，像是為了減肥用手指挖吐，以及每天中午午休時間在殘障廁所裡面用髮型。這些都是很典型的強迫症狀。」

我：「分手後，我開始在女孩子之中大玩特玩，那也是一種症狀表現嗎？」

三姐：「嗯，沒錯。不是說你刻意要放縱自己，我也有看過相關的書籍，裡面確實提到性方面活躍，而這也是受到腦中內分泌失調的影響，我知道的是因為思覺失調症是一種大腦功能失調的疾病，病友因大腦多巴胺分泌異常。

你會在當時一直尋求與女孩子發生關係的原因就是因為多巴胺分泌過多，造成你的身體一直處於高亢狀態。

書中提到思覺失調症是一種慢性腦部疾病，因為腦部多巴胺（dopamone）、血清素（serotonin）等與其他化學神經傳導物質（neurotransmitter）分泌失調所導致。這些就說明你那時候為什麼會一直放縱自己於女孩子之間了。」

我：「而在這之後的再度赴澳洲讀ＵＮＳＷ的市場行銷時，我那時候又再次恢復過度用功的模式，我一直都想要認真讀書求好成績，以至於搞到自己手殘了，而連隔壁發生爆炸火災，我還跑回去讀書，三姐妳說妳也有一些意見要表達？」

三姐：「的確，你過分用功讀書的例子很誇張，讀書搞到手受傷，連火災發生也要讀下去，我覺得這些當然也是和你的精神疾病脫離不了關係。

再加上你說過了，第三次在澳洲留學，為了要努力讀書，每天都只睡三、四個小時。哪裡有人可以每天只睡三個多小時，然後撐了半年多之久。

從這些可以看出，你都一直處於高度『亢奮』狀態，你的精神一直很亢奮，讓你非常執著於要從事用功讀書，以達到你設定的目標。」

我：「所以可以說我那時候各種行為表現都和疾病有關，都顯示出我早在強制住院前，在各種不同行為表現都已經透露出：『我生病了！』」

三姐：「對，沒錯。你在這本書中，非常誠實並且分享你如何克服這些困難，真是不容易，希望可以幫助到讀者。」

第二十二章　我身邊偉大的兩個女人

在這個章節，我將訪問我身邊兩位最偉大的女性：媽媽和老婆。她們會現身親自講述她們看我這一路走來，她們的真實內心感受與想法。這是非常好了解身為病人家屬的真實心聲的機會！

◆母親

我：「除了我在澳洲報喜不報憂之外，但是一回來台灣我就顯露出可怕的模樣，想請問母親妳當時的想法？」

母親：「我早就聽你三姐說你怪怪的，可是你是我兒子，我不敢也不想接受，所以初期我都一直否認，我都否認我兒子有精神疾病方面的問題。」

我：「想到要母親您來接受一個留學歸國的兒子卻是一個有精神疾病的病人，

我站在您的角度想，想必母親您一定很難受。」

母親：「因為我是你媽媽，你是我兒子；所以我不僅難受，更加難以接受。」

母親：「你那時候強制住院時，我都不敢去面對你。因為心裡難過自己一個好好的兒子，怎麼會變成這樣？」

我：「提到強制住院，妳說我出院回來後因為服藥的關係，常常昏昏沉沉的躺上一整天？」

母親：「是啊！那時候你出院後吃了藥就昏昏沉沉的，常常躺在床上昏睡好幾天。我是你母親，從門外看你這樣躺著昏睡也感到很於心不忍、頻頻落淚。」

我：「聽說姐姐們也都有哭？」

母親：「沒錯，我們家的女生都哭了，心疼你的遭遇。」

我：「只是我記得我之後因為自己的精神疾病的原因，幾乎漸漸地，所有的親戚朋友們開始不理我了。畢竟就像我看過的書中曾說過：『很少有人能夠同理思覺失調症患者，因為很難設身處地去想像對方的處境』。」

我：「我記得之後親戚朋友們都不太理會我了。他們無法同理我有思覺失調症的事實。他們要如何同情一個被無情力量控制的人呢？誰要同情一個瘋子？」

母親：「可是你還有家人啊！」

我：「沒錯，我還有最愛我的家人。」

我：「接下來我想問一些我的異常行為，首先想先問當時我一直買東西，有購物狂的行為，想請問母親妳當時的想法？」

母親：「喔！我的天啊！當時最擔心的就是今天快遞又要送來你的什麼包裹？」

我：「聽說那時候我很喜歡網購，包裹一直寄過來我們家，而快遞還問了一句話？」

母親：「對啊，快遞跟我們家都熟了，有天他就問我：『你兒子有躁鬱症呵？』」

母親：「我說：『你怎麼會知道？』」

母親：「然後快遞先生就說：『我弟弟也有躁鬱症，他也是不停地一直買東西。』」

我自嘲笑著說：「所以我也算是買到人盡皆知了，人家一猜就猜中了。」

我：「後來我推倒阿公的靈堂，想請問母親妳當時的想法？」

母親：「我們全部的大人都很生氣啊！可是也想不通為什麼你會做出這種事情出來？」

我：「我自己也不曉得為什麼會做出這種事，可是我知道這於情於理沒有一個地方是對的！」

母親：「是啊，我們也有叫警察來，可是警察來也只是搖頭晃腦表示無奈，他不知道該怎麼處理？」

我：「我覺得很慚愧！」

母親：「警察也可能沒看過毀壞家喪靈堂吧！所以他只是搖頭，他不知道該怎麼處理？」

我：「那後來大寶生出來，你們高興嗎？」

母親：「當然高興啊！我們家香火可以延續了，全家都很高興啊！」

我：「那你知道你兒子能夠結婚生子的想法是什麼嗎？」

母親搖頭：「我不知道。」

我：「因為我想我這一路來，帶給家裡的只有破壞、沒有任何建設；因此，我想我就只能靠我的身體這個生物本能和明英結婚來生養孩子，不僅最主要可以延續香火，還可以為我們家帶來正面建設性。」

大姐和三姐異口同聲：「我們希望你兒子可以改變你。」

我：「我的確很疼愛自己的兒子，對不對？大寶。」

大寶應了聲「對！」之後，跑過來在我雙頰親了兩下。

我：「後來我在廖醫師門下看診好幾年，以至於病情穩定，**讓我理解人生沒有什麼來不及的事情，真實情況是：任何時候只要你願意，都可以趕快來就醫。**」

母親：「是啊！我們都很感謝廖醫師，幫助你在治療幾年後就情況穩定，而且他很替病人著想，願意聽、也願意給建議。」

我：「那母親您最後有什麼要補充給這本書的讀者的？」

母親：「如果家裡有人罹患這個思覺失調症，我最想說一定要規律就醫，才有康復的希望。」

我：「沒錯，一定要就診看醫生。」

母親：「最後我最想介紹的是長效針劑，家屬們若是覺得家中患者服藥順從性不佳的，可以在各大醫療院所詢問醫師是否合適施打長效針劑。」

◆妻子

我：「老婆，辛苦妳了。妳第一次看到我暴怒時妳心中的感覺是什麼？我是不是把妳嚇哭了？」

老婆：「你說的是我剛來台灣時，你跟親戚的大女兒吵架那次。其實那時候是因為太大聲了，我才哭的。但是那時候都還不認為你生病了。」

我：「我想問妳是什麼時候發現我的情緒控管有問題，然後覺得我不太對勁的？」

老婆：「後來我們兩個每天住在一起時便開始常常吵架。我覺得不對勁的地方就是：每次吵架，你變成另外一個人、換上另一張臉。跟正常人不太一樣，常常會因為一點小事情就脾氣爆發開來。那時候就覺得你不太對勁了。」

我：「那妳會生氣，我們在婚前沒有告訴妳我生病的事情嗎？」

老婆：「不會啦！是生病嘛！沒有人願意去生病啊！」

我：「妳怎麼看待我這個生病的老公？」

老婆：「很可憐，覺得你很苦命，就像我剛剛講的：沒有人願意去生病。你也沒有選擇，所以趕快看醫生吃藥是很重要的。」

我：「為什麼那時候我開始接受治療，妳二話不說就答應陪我走下去？」

老婆：「因為結婚後漸漸地發現你怪怪的，我就覺得你大概生病了。所以既然你決定要去，我是你老婆，要陪你過一輩子的人，當然要陪你走這條路啊！」

我：「長年陪伴已過十一載，陪我走過這條路來，妳會覺得辛苦嗎？還願意陪我走下去嗎？」

老婆：「說不辛苦是騙人的，身邊的人當然都很辛苦。因為你以前會發脾氣，我就會找不一樣的說法方式跟你溝通，所以家屬一定要先了解病人的個性。」

我：「我曾經在一個英文網站上看到一句話說：『思覺失調症有千百萬種面孔。』（Schizophrenia has millions of faces.）」

老婆：「對，所以家屬除了要了解這個疾病，更要了解病人的個性才是。」

老婆：「像剛結婚時，因為不了解彼此的個性，常常會跟你硬碰硬吵架。後來知道你是生病的原因，就不會跟你計較，**『不要隨病人起舞』**這點非常重要。像是你情緒來得又急又快，我就要慢慢的、穩穩地跟你應對，**兩人節奏要完全相反，不能隨你起舞。**」

我：「你講的這些溝通技巧對病患家屬很重要，希望這本書可以幫助更多人。」

我：「老公罹患的精神疾病，有沒有帶給妳什麼困擾？」

老婆：「後來就醫治療後平穩很多年到現在，沒什麼困擾啦！所以我覺得最重要的就是病人自己本身願意做才是關鍵！病人要願意自己去就醫接受治療、並願意改變自己是最重要的。」

我：「踏出了第一步，才有以後的路可以走。」

我：「妳覺得我有這種精神疾病，平日最需要注意什麼？」

老婆：**「睡眠要充足。情緒不要太亢奮。做事情慢慢來。」**

我：「聽了我的生命故事，妳覺得老公是因為什麼原因而發病的？」

老婆：「我覺得你是因為讀書給自己太大壓力、逼到緊繃，才發病的。想想看，一個人要負擔好幾個人的功課，你的大腦真的累了！身體跟神經也處於很緊繃的狀態、沒有休息，所以最後發病了。」

我：「我當時只是覺得做任何事情都要認真努力才行，沒有想到結果會這樣。」

我：「平時妳是怎麼透過哪種方法來影響我的？」

老婆：「正面的鼓勵。拜拜啊！有宗教信仰。相信因果。與世界結善緣。」

我：「我曾經陷入一段鬱期，覺得自己這一生做錯很多事；然後我向妳請教，妳是如何教導我的？」

老婆：「遇到事情要慢慢來，不要急，要沉得住氣。」

我：「妳覺得，人一生中什麼事情是最重要的？」

老婆：「健康，我覺得健康是最重要的，有了健康才有餘力去幫助別人。一樣重要的就是人一定要孝順，而且孝順不能等。」

我：「最後，妳作為一位精神病患的枕邊人，妳有什麼話想對讀者說？」

老婆：「我覺得病人跟家屬都一樣很辛苦。我還是一樣要說，病人本身一定要跨出第一步，要願意去就醫，也願意改變自己；相信以後就會越來越好！

像你就是有跨出去，去看醫生，也願意改變自己。我跟媽媽和你說什麼，你都聽進去，而且願意改進，像現在就表現穩穩地。

再加上你自身的努力，因為你喜歡閱讀，一輩子書不離手，終於在書中找到答案與好方法。你沒有放棄自己，最後走上重生之路。」

第二十三章　Men's Talk

實際上這篇是特地應大好文化胡芳芳總編輯要求而增加的，目的是為了談談「男人的覺醒」一事，而在互相討論過後，以及真正下筆開始寫之後，我卻覺得此篇格外重要，其重要性不言而喻。

為什麼談「男人的覺醒」非常重要呢？

我們都知道不管男女、任何人都曾犯過錯，也都有過不堪的過往；然而男人礙於顏面的問題，總是很難覺醒，進而改惡歸正，這樣看在身旁的人著實感到心痛且惋惜，莫不嘆氣與感到無奈。

然而我想說的是，藉由我這本書談及此事，其實**男人的覺醒絕對不是什麼丟臉的事，真正讓男人顏面盡失的是**一**錯再錯，終至萬念俱灰、無可挽回的地步！**

所以男人們趁還來得及的時候，趕緊急踩剎車、懸崖勒馬，趁當下有這樣覺醒的意念把握機會「改斜歸正」，奪回人生主導權，邁步走上重生之路！

我是怎麼走上重生之路的呢？當然這是長期潛移默化的結果，不過具體來說是「小天使與小惡魔」使然的緣故。

不知道你們會不會也這樣，在你要做一件於己於人有可能是極為不利之事時，你的耳朵旁會跳出小天使與小惡魔。

小天使會勸告你做這件事可能會損人又不利己，勸阻你停止，不要去做。然而小惡魔卻在一旁慫恿你做這件事會很爽、很有快感且帶來愉悅，叫你趕快動手去做。

我相信這「小天使與小惡魔」的確存在於每個人的心中，如果當你要做某件事時，這對小天使與小惡魔跑出來時，請您擇善而固執，聽從小天使的意見，而拒絕聽小惡魔的慫恿，選擇不做損人不利己之事。

你可以一再聽隨小天使的意見，於此同時，你不僅可以選擇不做害人害己之事，還可以選擇利人利己之事來做，就這麼做下去，堅守正道、秉持正念下去而矢志不渝，這樣男人的覺醒顯得順其自然，邁向重生之路亦不遠矣！

誠如創始個體心理學的大師阿德勒所言：「人生態度對性格的形成有決定性作用，**只有意識到性格上的錯誤，人才會試圖去改變。**」

阿德勒的哲學觀念是樂觀的，他又說到改變需要勇氣：「**責備一無是處的自己，永遠無法得到幸福；唯有勇氣認同現在的自己，才能成為真正的強者。**」

我之前在閱讀旅程中也從阿德勒的書中受益不少，進而產生激勵自己改變低谷人生的勇氣，關於勇氣二字他說道：「所謂的勇氣並不是藥，無法需要時就補充一匙，訓練承受責任與訓練擁有勇氣，是完全互為表裡的。」

相信我這邊提及自己改變人生態度，擇善而固執的小天使之說其實和阿德勒談及改變人生那般不再是遙遠不可及之事，而是只要你願意，改變就有可能發生。只要改變生活型態，人生就會驟然改變。

「擁抱未知，擁抱變化，那才是真正突破所在！」（Embrace the unknown and embrace change. That's where the breakthrorghs happen.）台裔美籍的ＡＩ教父黃仁

勳（Jensen Huang）是這麼說的！

人隨時隨地都可以改變生活型態，因為阿德勒相信：「既然是自己做的決定，就能靠自己改變。」

我也不知道身為男人，你犯的錯是哪種？有可能是過分至極，甚至難以原諒，或者是你背叛了親人；然而縱容自己一錯再錯下去不會顯得比較有面子，這樣錯下去不會顯得有男子氣概；相反地，如此重蹈覆轍、屢犯不改，才是讓身為男人的你大失顏面、羞愧難當之事。

就舉我自己曾經是家庭衝突的製造者、鄰居眼中的頭痛人物，其實在我尚未規律地穩定就醫之前，每次當我情緒失控時，雖然我知道情緒真的很難以控管得宜，但是其實我的小天使每次都會跳出來，他會告訴我這樣大小聲不對、這樣摔東西不對，小天使會忠告我這樣表達憤怒完全是錯誤的；有時候當下我就會收斂些，久而久之後，小天使就會幫我奪回情緒控管權與人生主導權。

同樣地，我不知道身為男人，你犯的錯是哪種？

只是想跟同樣身為男人的哥兒們說，是時候掀起「男人的覺醒」了！展開對自己的革命，及時收手、迷途知返且痛改前非，先不要在意過往，那些可以留待日後再談，其實及時亡羊補牢還是來得及！

每個人都有改變自己的力量，也就是改變未來的力量，但唯有我們願意起身行動、改變，才有可能扭轉情勢。當我們開始去做自己力所能及的事時，世界或許不會因此而一定發生改變；可如果我們什麼都不去做，事情只會朝更加糟糕的方向發展。

對了！你有多久沒撥通電話給親人了？

趁此時念頭萌生的當下，趕緊撥通電話給家人吧！

他們都還是關心著你，還是有許多人愛你的！

終曲

犯錯！是的，每個人都曾犯錯，每個人都有不堪的過往。

我承認我是個罪人，我曾經犯過許多的錯事，

我反省、我懺悔，而我現在已經悔悟了。

我不要求世人原諒我曾犯的過錯，我也用痛苦的一生來贖罪了；只是我想說：

「你們其實是很難想像也難以理解，精神疾病患者的被重新接納是有多麼的困難！」

想想看，我曾經是一個只會給家人帶來衝突與破壞的麻煩製造者，家人不能諒解我時，我被定義為「不孝子」。我以前要牽著母親的手過馬路，可是在她心中我是一個不孝子，她連手都不願意讓我牽，她會把我的手甩開。

那是經過長時間的重生之路的過程後，母親才終於再接納了我，願意讓我牽她

的手過馬路，我才感覺到自己被接受了。

我長時間給家裡帶來戰爭衝突與破壞，我是多麼的努力和克服困難，我的母親才終於再接納了我。

《思覺失調症完全手冊》一書中曾談及美國的**復原模型**（Recovery Model），**它是一種以個人為中心的精神健康照護模式，特別適用於思覺失調症等嚴重精神疾病的康復。這一模型強調希望、自主、賦權**（empowerment）**和社會融入**，認為精神疾病患者並非只能被動接受治療，而是可以透過積極參與，重新掌控自己的生活，追求有意義的人生。

如果我曾經被眾人所否定，都可以重新再站起來，奪回人生、搶回主導權，相信您也可以、任何人都可以！

後記

完成我這本書的寫作後，在這裡我想要歸納在我重生路上幫助我的六大支柱，無論他們是人事物，缺一不可，沒有他們，我自己一個人是做不到的。

這六大支柱是：

●**偉大的母親：**母親總是一輩子無條件支持我，從未放棄我，這次能成功出版此書，永遠對我有信心的母親對我說，我是「大隻雞慢啼」！

●**賢內助的妻子：**我此生真是有幸能夠娶到這麼有智慧、有勇氣與善良的妻子。她是我的人生導師，沒有她的正面影響，我無法獨自一人邁向重生之路。

在妻子幫我生了兩個寶後，我看到她的身材從剛結婚時只有三十九公斤，生了兩個之後，身材卻走樣，我看到後馬上從後面抱緊她，對她說：「老婆，感謝妳將一輩子奉獻給我，妳為我生了兩個兒子，如今看到妳身材走樣，我卻覺得是最美麗的身影，更是我最大的幸福！」

● **幫助我扶持我的姐姐們：**這漫漫長路上也感謝大姐與三姐的幫助與扶持。她們不斷地尋求各種方法來幫助我，不管是早期的民間信仰，或是宗教、醫學、NGO團體等等。沒有兩位姐姐，我也不可能邁向重生。

● **兩寶們是推助我邁向重生的最大動力：**

姐姐們曾說過：「希望兒子能改變我。」

的確，兩寶們是推助我邁向重生的最大動力！

雖然我有精神疾病是事實，但是我要表現給兩寶看，我是一個有勇氣改變、並有不屈服於病症的骨氣，我要做一個兒子們以我為傲的父親。

● **感謝診治我的醫生，規律的就醫接受治療：**書中曾強調：「接受治療服藥，就是為了救回衰退中的大腦」，而思覺失調症患者因為大腦受損、大腦生病了，因此、規律的就醫接受治療是至關重要的。我現在每個月規律的回診施打長效針劑，及服用已減量的藥物。

● **終生不斷的閱讀受益**：我經常從閱讀中受益，再加上我終生學習的態度，我依然不會斷了有益的閱讀習慣。

最後想對大家說的話就是：你們可以做什麼，以及千萬不要做哪些事。

● 無助時不沉淪，有需要應找人。當你陷入人生低潮時，不要選擇沉淪，有需要應找人陪伴、討論分享。

● 極度憂鬱時，有輕生念頭時，應找人多傾訴，千萬不要輕易走上絕路。命留著就有無限可塑性，往外跨出一步，才有後面的路可以走。

● 你並不孤單，有事情可以找家人，而不是找錯誤的方法、不對的人。

● 還沒就醫的病友應該盡快就醫治療，千萬不要再拖，服藥治療可以救回疾病對大腦的傷害，可以救回衰退的大腦。

● 心生困擾時可以找親人傾訴，不要一個人吞忍，千萬不可放縱自己沉迷聲色場所與杯中物。

大好文化 大好生活 15

奪回人生，來得及
一位思覺失調症患者的重生之路

作　　者｜陳宏霖
出　　版｜大好文化企業社
榮譽發行人｜胡邦崐、林玉釵
發行人暨總編輯｜胡芳芳
國際部經理｜張容
駐 英 代 表｜張瑋
越南版權代表｜阮金銀
行 銷 統 籌｜張小春
主　　編｜張鴻讀
編　　輯｜張暑苕
封 面 設 計｜陳文德
客 戶 服 務｜張凱特、呂綺芳
通 訊 地 址｜11157臺北市士林區磺溪街88巷5號三樓
讀者服務信箱｜fonda168@gmail.com
郵政劃撥｜帳號：50371148　戶名：大好文化企業社
讀者服務電話｜0922309149
讀者訂購信箱｜fonda168@gmail.com
版面編排｜唯翔工作室　(02) 23122451
法律顧問｜芃福法律事務所　魯惠良律師
印　　刷｜成偉印刷　0936067471
總 經 銷｜大和書報圖書股份有限公司　(02) 8990-2588

ISBN　978-626-7312-15-5（平裝）
出版日期｜2025年5月8日初版
定　　價｜新台幣380元

國家圖書館出版品預行編目資料

奪回人生，來得及：一位思覺失調症患者的重生之路／陳宏霖著. -- 初版. -- 臺北市：大好文化，2025.05
360面；14.8×21公分. --（大好生活；15）

ISBN　978-626-7312-15-5（平裝）

863.55　　114003669